Der rheinische Hausbarde

Erzählungen und Geschichtchen aus

Rheinbreitbach und Umgebung

Der rheinische Hausbarde

Erzählungen und Geschichtchen aus

Rheinbreitbach und Umgebung

von Thomas Napp

Bibliografische Informationen der Deutschen Nationalbibliothek: Die Deutsche Nationalbibliothek verzeichnet diese Publikation in der Deutschen Nationalbibliografie; detaillierte bibliografische Daten sind im Internet über dnd.dnb.de abrufbar.

Herstellung und Verlag:

BoD - Books on Demand, Norderstedt

ISBN: 9783756292387

Vorwort

Liebe Leserinnen und Leser,

In diesem Band mit dem Titel „Der rheinische Hausbarde: Erzählungen und Geschichtchen aus Rheinbreitbach und Umgebung" sind mehrere Geschichten aus dem Raum der Verbandsgemeinde Unkel zusammengefasst. Schwerpunktmäßig auf Geschichten aus Rheinbreitbach fokussiert, greifen einige Erzählungen lokalhistorische Ereignisse und Entwicklungen auf, die zu unterhaltsamen und lehrreichen Anekdoten umgearbeitet worden sind. Die Geschichten, welche einen historischen Kern haben, sind noch einmal besonders gekennzeichnet. Das Ziel dieses Werkes ist es auf der einen Seite zu unterhalten, aber auch zum Nachdenken anzuregen. Der Titel ist daher an den rheinischen Hausfreund von Johann Peter Hebel angelehnt, der mit seinen historischen Kalendergeschichten ein ähnliches Ziel verfolgte. Ich wünsche Ihnen viel Freude beim Lesen!

Mit den besten Wünschen

Thomas Napp

Inhaltsverzeichnis

Der Erhängte von Rheinbreitbach (historisch)

Es war zu Zeiten des Kaiserreichs im Jahre 1892 in Rheinbreitbach als ein Wanderer mit seinem Hund den Waldweg von der Vonsbach das kleine Tal hinauf Richtung der Breiten Heide nahm, als sein Hund in einem abseits gelegenen Dickicht verschwand und lauthals zu bellen begann. Durch das Gebell aufmerksam geworden, ging der Wanderer dem Hund nach. Als er sah, was dieser dort am Boden liegend entdeckt hatte, lief es ihm eiskalt den Rücken herunter. Im weichen Blätterlaub lag ein abgetrennter junger Männerkopf. Nicht weit entfernt davon ruhte der dazugehörige Körper. An der in der Nähe gelegenen Eiche schwang an einem dicken Ast ein Seil mit einer Schlaufe im Wind leicht hin und her. Offensichtlich hatte sich der junge Mann hier unbemerkt aufgehangen. Da ihn niemand gefunden hatte, war mit der Zeit sein Hals immer länger geworden und der Kopf hatte sich letztlich vom Körper getrennt. Erschrocken über den Fund der Leiche, eilte der Wanderer zurück ins Dorf, um dort den Dorfpolizisten zu alarmieren. Dieser nahm ruhig die Nachricht entgegen, nahm sich zwei Hilfspolizisten und eine Bahre mit und ließ sich vom Wanderer den Tatort zeigen. Schnell war allen Beteiligten klar, dass es sich bei dem Erhängten um einen Selbstmord handeln musste, da keinerlei Fremdeinwirkung festzustellen war und sich unter der freischwingenden Schlinge ein umgekippter Holzhocker befand. Behutsam nahmen die Hilfspolizisten zuerst den Körper auf die Bahre, bevor sie den Kopf des Erhängten aufhoben und zu seinem Körper legten. Als der Dorfpolizist das Gesicht des Erhängten sah, erkannte er den Toten. Es handelte sich um den Dorfschullehrer Mendel aus Rheinbreitbach. Seit ein paar Wochen war dieser als vermisst gemeldet und böse Zunge hatten behauptet, dass er sang und klanglos vom Schulamt an eine andere Schule versetzt worden sei, weil er zu freundlich mit den Kindern umgegangen war und sich der Prügelstrafe widersetzt hatte. Er lebte die Werte von Güte, Liebe und Menschlichkeit anstatt Nationalismus, Vaterlandstreue und blinden Gehorsam zu lehren. Die Kinder liebten und respektierten ihn für diese Einstellung, doch bei seinen Kollegen und der Bevölkerung war er hingegen deshalb nicht gut angesehen. Auch flüsterten die Rheinbreitbacher hinter vorgehaltener Hand, warum ein solch junger Mann noch keine Frau habe und sich nur mit dem Studium der Bücher beschäftigte. Ebenso wenig trank er Alkohol oder rauchte Pfeife. Auch soll er wegen Plattfüßen keinen Militärdienst absolviert haben. Kurz gesagt, der junge Lehrer hatte so gar nicht dem Männerbild des Kaiserreichs entsprochen.

Als nun die Hilfspolizisten mit der Bahre in den Ort Rheinbreitbach kamen, begann zugleich das Gemurmel in der Bevölkerung. Als einer von ihnen den Lehrer Mendel erkannte, ging die Todesnachricht wie ein Lauffeuer herum. Manch einer sagte direkt, dass das bei diesem komischen Kauz wohl nicht verwunderlich wäre. Andere wiederum (vor allem die Kinder) trauerten um den

liebevollen   Lehrer.
Als der Ortspfarrer Katterbach von der Todesnachricht
hörte, begab er sich sofort zum Aufbewahrungsort des
Leichnams. Zusammen mit dem Dorfpolizisten versuchte
er herauszufinden, ob er irgendwelche Angehörigen
hatte. Doch der gebürtige geschwisterlose Bonner war
schon früh elternlos geworden, sodass er niemanden
mehr hatte. Es gab also niemanden, der die Beerdigung
für   den   Toten   organisieren.
Somit bereitete Pfarrer Katterbach ein Begräbnis
außerhalb des Friedhofs von Rheinbreitbach vor. Denn
Selbstmörder wie Lehrer Mendel wohl einer war, durften
nicht auf dem normalen Friedhof bestattet werden.
Es waren einige Tage vergangen und Pfarrer Katterbach
nahm die Beichte in der katholischen Kirche von
Rheinbreitbach ab, da erschien die einzige junge Lehrerin
der Volksschule Rheinbreitbach, Fräulein Ittenbach, in
der Kirche. Sie war bekannt für ihre strenge Art und war
in der Bevölkerung deshalb beliebt und geachtet. Sie trug
ein schlichtes zugeknöpftes Kleid und einen Damenhut
auf dem Kopf. Andächtig setzte sie sich in den Beichtstuhl
und bekreuzigte sich. Dann begann sie zu erzählen, dass
sie sich schuldig gemacht habe und sie nun Buße tun
wolle. Pfarrer Katterbach hörte ihr zu und ermutigte sie
ihre   Sünde   zu   erläutern.
Fräulein Ittenbach erzählte, dass sie der Selbstmord des
Lehrers Mendel schwer getroffen habe und sie an dessen
Tod wohl nicht unschuldig sei. Pfarrer Katterbach wurde
nun aufmerksamer und bat das Fräulein fortzufahren.

Diese erzählte nun, dass sie Lehrer Mendel als Kollege nicht gut behandelt habe. Wie allgemein bekannt, war Lehrer Mendel eher ein gütiger als ein strenger Lehrer gewesen. Auch sein Aussehen und Auftreten entsprach eher nicht dem eines typischen Mannes des Kaiserreichs. Oftmals hatten sie und auch andere Kollegen ihn ermahnt, dass er nicht so ein weichgespülter Hanswurst sein solle. Stärke, Disziplin und Strenge seien die Tugenden, die ein Mann vorleben müsse. Als Lehrer Mendel dann entgegen seiner stillen Art mit ihr einmal ein Rendezvous haben wollte, sagte sie, dass sie keinen Mann haben wolle, der sie nicht beschützen und noch nicht einmal mit der flachen Hand auf den Tisch schlagen könnte. Dies hatten einige Rheinbreitbacher mitbekommen, sodass sich die Nachricht wie ein Lauffeuer im Ort verbreitet hatte und sich über ihn lustig machten.

Pfarrer Katterbach hörte Fräulein Ittenbach ruhig zu. Auch er hatte von dieser Begebenheit gehört, sich dabei aber nichts gedacht. Nun sprach er dem Fräulein Ittenbach ins Gewissen. Er sagte, dass es in Ordnung sei, einen Mann abzulehnen, doch sollte dies immer mit Respekt und Nachsicht erfolgen. Das Gesicht desjenigen, der um ein Rendezvous bittet, solle gewahrt bleiben. Beschämt schaute das Fräulein zu Boden und Pfarrer Katterbach erteilte ihr die Absolution mit der Auflage die kommenden Wochen für den Lehrer Mendel zu beten. Als Pfarrer Katterbach am Abend zu Bett ging, dachte er noch einmal über das Begräbnis des Lehrer Mendel dar.

Sollte er nach diesen Geschehnissen wirklich wie ein Selbstmörder außerhalb von Rheinbreitbach beerdigt werden? War nicht Mendel auch das Opfer von den unabänderlichen gesellschaftlichen Vorstellungen der Menschen geworden?

Lange dachte Katterbach noch darüber nach, was einen Mann eigentlich zum Manne mache. Warum kann ein Mann nicht gutmütig und menschlich sein? Warum muss ein Mann in unserer Gesellschaft in die Rolle des unangefochtenen Patriarchen schlüpfen und seine Familie als Haupternährer versorgen? War Jesus nicht auch ein gütiger und nachgiebiger Mensch gewesen?

Erst spät in der Nacht schlief Pfarrer Katterbach ein. Im Traum hörte er eine Stimme sprechen, die ihm riet, seinem Herrn zu folgen, auch wenn dies nicht immer auf Gegenliebe stoßen würde.

Am nächsten Morgen wusste Pfarrer Katterbach, was er zu tun hatte. Er ordnete zur Verwunderung der Rheinbreitbacher an, dass der Lehrer Mendel auf dem Friedhof neben der Kirche bestattet werden solle und es eine normale Trauerfeier für den verstorbenen Lehrer Mendel geben solle.

Als der Tag der Trauerfeier gekommen war, waren alle Bänke der Kirche voll besetzt. Ehemalige Kollegen, das Fräulein Ittenbach, zahlreiche Schulkinder sowie viele Rheinbreitbacher hatten sich eingefunden, um der Trauerfeier beizuwohnen. Als die Feier zur Predigt hin ging, warteten alle gespannt auf die Rede des Herrn

Pfarrers. Ehrfürchtigen Schrittes erklomm er die Stufen zur Kanzel hin, um von dort oben eine flammende Rede zu halten. Katterbach sprach den Leuten ins Gewissen, dass jeder Mensch das Recht habe so zu leben, wie er es wünsche. Niemand habe sich deshalb über einen lustig zu machen oder ihn deshalb nicht ernst zu nehmen. Respekt vor dem Leben und christliche Nächstenliebe seien die Grundtugenden des Katholizismus, an deren sich einige in Rheinbreitbach versündigt hätten. Lehrer Mendel hingegen habe mit seiner Art diesen Tugenden entsprochen und wurde deshalb von der Gesellschaft als Mann abgelehnt. Die christliche Gemeinschaft habe hier bei Lehrer Mendel versagt und unsere Aufgabe sei es nun, die Erinnerung daran wachzuhalten, dass kein Mensch, egal ob Mann oder Frau, in eine bestimmte Rolle gezwungen werden darf, die er nicht selbst ausfüllen möchte. Aus diesem Grunde würde Lehrer Mendel auch ein christliches Begräbnis auf dem Kirchfriedhof bekommen, da er nicht nur Sünder, sondern auch Opfer der gesellschaftlichen Rollenbilder sei, die in unserem Dorfe   vorherrschen.

Als Pfarrer Katterbach seine Predigt beendet hatte, schauten die Rheinbreitbacher betrübt zu Boden. Ein Großteil von ihnen hatte auf die eine oder andere Art abfällig über Lehrer Mendel gesprochen, was sie nun bereuten und zum Denken brachte.

Der Knecht und das Winzermädchen

In dem kleinen Weinort Rheinbreitbach lebte einst im Mittelalter ein wunderschönes Winzermädchen namens Annemarie. Sie hatte lange blonde Haare und braune Augen und war bei den jungen Männern im Ort heiß begehrt. Vor allem ein reicher und starker Bauernsohn namens Heinrich hatte einen Blick auf das Mädchen geworfen und würde es gerne zur Frau nehmen, um es auf den familieneigenen und prächtigen Winzerhof zu führen. Somit warb Heinrich Tag ein und Tag aus um die Gunst des blonden Winzermädchens Annemarie. Doch der Charakter von Heinrich war angeberisch und anmaßend und solche Männer liebte Annemarie überhaupt nicht. Ihre Liebe gehörte einem anderen Mann namens Georg. Georg war arm und seine Körperstatur war schmächtig. Er lebte als Knecht auf der Burg des Herren von Breitbach und war es gewohnt trotz seiner Körperstatur schwere Arbeiten zu verrichten. Doch Annemarie liebte sein gütevolles und mitfühlendes Wesen. Gerne würde sie ihn trotz seiner Armut zum Manne nehmen.

Doch die Eltern von Annemarie hielten nichts von dem abhängigen Knecht. Ihr Favorit war der reiche Heinrich, der den eigenen Familienreichtum mehren sollte. Dies betrübte Annemarie und vor allem den Knecht Georg sehr. Wie gerne hätte er ein kleines Vermögen, um Annemarie heiraten zu können. Denn Georg liebte Annemarie so sehr wie Annemarie ihn. Doch je mehr

Gedanken Georg sich über seine Liebe machte, desto bewusster wurde ihm, dass er Annemarie nie bekommen würde.

Doch der Herr von Breitbach, der ein weiser Adliger war, erkannte, dass seinen Knecht etwas quälte. Er ließ ihn zu sich in die Burg kommen und sprach, dass der Knecht trotz seiner schmächtigen Körpergröße außergewöhnliche Arbeit leiste und er sehr zufrieden mit Georg sei. Seit einiger Zeit würde ihm jedoch auffallen, dass er nicht mehr mit Freude und Tatendrang bei der Arbeit sei, sondern traurig und niedergeschlagen wirke. Er wolle wissen, was Georg belaste. George erzählte seinem Herrn von seiner unglücklichen Liebe zu Annemarie und dass er sie nicht heiraten könne, weil er im Gegensatz zu dem Winzersohn Heinrich arm und schmächtig war.

Der Herr von Breitbach verstand seine Situation. Da er jedoch ein gütiger und schlauer Mensch war, ließ er Annemarie, deren Eltern sowie den Winzersohn Heinrich und Georg am nächsten Tage zu sich kommen. Er schlug vor, dass ein Wettkampf gleich dem Gottesurteil zwischen Rittern entscheiden solle, wer Annemarie zur Frau bekommen solle. Der Kampf mit Knüppel und Schild solle entscheiden, wer der Sieger sei. Siegessicher willigte der starke Winzersohn Heinrich sofort diesem Vorschlag zu. Er sah seine Chance gekommen, endlich das wunderschöne Winzermädchen für sich zu gewinnen. Auch die Eltern von Annemarie willigten diesem

Vorschlag zu, da sie sich sicher wahren, dass Heinrich dieses Duell gewinnen werde.

Der Knecht Georg hingegen wusste am Anfang nicht recht, ob er darauf eingehen solle. Schließlich sah er kaum eine Chance Heinrich zu besiegen. Doch mit dem Zureden von Annemarie willigte auch er dem Wettkampf zu.

An einem Samstag kamen beide Kämpfer auf dem Burgplatz zusammen. Alle Menschen aus dem Ort hatten sich dort um den vorbereiteten Kampfplatz versammelt. Der Herr von Breitbach saß auf einer kleinen Tribüne auf einem kleinen Holzthron und war der Richter dieses Duells. Beide Kämpfer bekamen ein Holzschild sowie einen dicken Knüppel ausgehändigt und einen ledernen Helmschutz um den Kopf gebunden. Siegessicher stapfte Heinrich zur Mitte des Kampfplatzes und grinste über das ganze Gesicht. „Ich mach dich fertig, kleiner Knecht!", raunte er zu Georg.

Eingeschüchtert, aber mit festem Schritt trat Georg ebenfalls zur Mitte des Kampfplatzes, sodass sich beide Kämpfer nun gegenüberstanden. Mit einem Fahnenwink begann der Kampf und Heinrich begann mit lautem Geschrei und harten Knüppelschlägen auf den Knecht Georg einzuschlagen. Dieser ließ vor lauter Schreck seinen Knüppel fallen und hielt sich mit beiden Händen fest an dem Holzschild fest, um sich vor den harten Schlägen Heinrichs zu schützen. Ein Raunen ging durch die Menge und viele sahen den Kampf bereits zu Gunsten Heinrichs für entschieden an. Immer wieder knüppelte und schlug Heinrich mit aller Kraft auf Georg ein, sodass dieser mehrmals zu Boden ging. Doch George schaffte es immer wieder aufzustehen und den harten Schlägen Heinrichs zu widerstehen. Auch, wenn er keinen einzigen Schlag gegen Heinrich ausführte, so hielt er tapfer und ausdauernd den Schlägen seines Gegners stand. Dieser kam mit der Zeit ins Schwitzen. Schweißperlen liefen ihm übers Gesicht und sein Kopf wurde hochrot. Eine ganze Weile dauerte der Kampf an, bis die Schlaggeschwindigkeit von Heinrich langsam abnahm. Er brüllte wütend den Knecht Georg an, warum dieser nicht endlich aufgeben würde. Doch George stand fest seinen Mann und hielt sein Holzschild fest. Mit zunehmender Zeit verließen Heinrich immer weiter seine Kräfte. Sein siegessicheres Lächeln war mittlerweile verschwunden und auch die Zuschauer waren sich nicht mehr sicher, wer aus diesem Kampf als Sieger hervorgehen werde. Da geschah es plötzlich, dass Heinrich keinen Schlag mehr ausführen konnte und kraftlos zu Boden ging. Hechelnd lag er am Boden und konnte nicht mehr aufstehen. Er hatte seine ganze Schlagkraft verbraucht, die der schmächtige Knecht Georg ohne einen Gegenschlag abgefangen hatte.

Der Herr von Breitbach erhob sich nun von seinem Thron und erklärte mit einem Lächeln auf den Lippen seinen Knecht Georg zu dem Sieger des Wettkampfes. Georg und

Annemarie waren überglücklich und sie heirateten bald darauf in der Kirche von Rheinbreitbach. Der Herr von Breitbach gab ihnen als Wohnung eine größere Wohnung im Gesindehaus der Burg, sodass sie dort zwar bescheiden, aber bis zu ihrem Lebensende glücklich lebten.

Der Anhaltische Reiter vom Westerwald

Vor vielen, vielen Jahren zu Zeiten des 30-jährigen Krieges kam einst ein junger Reitersmann aus Anhalt in den Westerwald. Als er mit seinem stolzen schwarzen Pferd in eines der kleinen Westerwälder Dörfer geritten kam, erblickte er am Dorfbrunnen eine Gruppe von jungen Frauen. Unter ihnen war auch eine mit langen blonden Haaren und grünen Augen. Sofort hielt der Anhaltische Reitersmann sein Pferd an und fragte die blonde Jungfrau, wie sie heiße. Diese musterte herabschätzend den jungen Reitersmann von oben bis unten und sagte, dass sie einem feigen Taugenichts wie ihm ihren Namen wohl kaum verraten würde. Die Antwort der Jungfrau ärgerte den Reitersmann, da er sie aber dennoch als lieblich empfand, ließ er Geduld walten und fragte, wann er denn nicht mehr als ein Taugenichts gelten würde. Da zog die blonde Jungfrau ihre Augen leicht hoch und antwortete schnippisch, dass er ihr schon beweisen müsste, dass er Mut und Kraft besäße. Da fasste den Reitersmann der Ehrgeiz, ritt davon und verpflichtete sich als reitender Söldner, um gegen die Schweden zu kämpfen, die in Deutschland eingefallen waren. Angetrieben, den Namen der blonden Jungfrau zu erfahren und vor ihr als tapferer Krieger dazustehen, metzelte er zahlreiche schwedische Soldaten nieder. Sein Ehrgeiz ging sogar so weit, dass er Jagd auf flüchtende oder verletzte schwedische Soldaten machte, sodass er bei den Schweden äußerst verhasst war. Auch bei seinen eigenen Leuten hatte er daher einen schrecklichen Ruf.

In dem Glauben nun ein tapferer Krieger zu sein, kehrte er in das Westerwälder Dorf zurück, in welchem die blonde Jungfrau lebte. Diese hatte von den Gräueltaten des Anhaltischen Reiters bereits gehört und hatte wie der Rest des Dorfes Angst vor diesem. Mit hartem Schlag klopfte der Reitersmann bei ihr an die Haustüre und wollte abermals ihren Namen wissen. Doch die blonde Jungfrau war angewidert von dem Anhaltischen Reiter und wollte mit diesem nichts zu tun haben.

„Mit einem blutrünstigen Mörder will ich nichts zu tun haben!" und schlug die Türe zu. Die anderen Jungfrauen, die das Schauspiel vom Dorfbrunnen aus beobachtet hatten, begannen an zu kichern. Als der Anhaltische Reiter sie mit strengem Blick fixierte, verstummten sie. All dies traf den Reitersmann so schwer in sein Herz, dass dieser nicht mehr an die Liebe und das Leben glaubte. Er bestieg sein Pferd und ritt davon. Seine Taten wurden von nun an noch grausamer und die schwedischen Soldaten machten regelrecht Jagd auf ihn.

An einem kalten Herbstmorgen als die Sonne blutrot über dem Horizont langsam aufging, ging der Anhaltische Reiter den Schweden in eine Falle. Mit mehreren Musketenschüssen brachten sie sein Pferd nieder. Er selbst konnte noch von dem sterbenden Tier abspringen und flüchtete in einen nahegelegenen Wald. Dicht von seinen Verfolgern bedrängt, schaffte er es zu einer alten Burgruine. Auf dem alten Burghof stellten seine Verfolger ihn nun und ein bitterer Kampf begann. Insgesamt acht schwedische Soldaten rang der Anhaltische Reiter noch nieder, bevor ihn der letzte überlebende Schwede mit einem Schwerthieb niederringen konnte. Schwer verwundet am Boden liegend, setzte der Schwede zu seinem letzten Schlag an und schlug dem Anhaltischen Reiter mit einem Hieb den Kopf ab. Seine Überreste warf er in eine Gruft der alten Burgkapelle. Lediglich den Kopf des Reiters nahm er als Beweis mit zu seinem König. Der Schrecken des Anhaltischen Reiters war für die Schweden vorüber.

Als nach einigen Jahren ein junger Lehrer in den Westerwald kam, um an einer Schule zu unterrichten, so kam er in das Dorf, in welchem die blonde Jungfrau lebte. Doch die Stimmung in dem Dorf war bedrückend und die Menschen hatten Angst. Der Grund hierfür war das Verschwinden von einzelnen Jungfrauen aus dem Dorf. Als der junge Lehrer nachfragte, weshalb die Jungfrauen verschwunden seien, wollte ihm zuerst niemand aus dem Dorfe antworten. Doch dann erzählte ihm ein

Nachtwächter die gruselige Geschichte eines kopflosen Reiters, der in dunklen, kalten und nebeligen Nächten durch den Westerwald reiten würde und Jungfrauen entführe. Es handele sich dabei um einen Anhaltischen Reiter, der sich einst in eine Jungfrau aus dem Dorf verliebt habe und deren Name er nicht erfahren konnte. Als Rache würde er nun all jene Jungfrauen holen, die ihn einst verlacht hätten. Dabei habe die Verteidigung der Jungfrauen schon zahlreichen Männern das Leben gekostet.

Dem jungen Lehrer gab diese Geschichte zu denken. Er glaubte nicht an solche Spukgestalten, sodass er beschloss bei einer nebligen und dunklen Nacht sich selbst auf die Lauer nach dem kopflosen Reiter zu begeben. Wenige Tage später sollte es soweit sein. Dicke Nebelschwaden zogen rings um die dunklen Wälder. Nur der Ruf des Käuzchens war zu hören. Der junge Lehrer hatte sich mit einer Pistole bewaffnet an einer Weggabelung auf die Lauer gelegt. Dort kreuzte sich der Weg zu verschiedenen Bauernhäusern und dem Dorf der blonden Jungfrau. Gespannt wartend lag der junge Lehrer in einem Gebüsch versteckt. Den Blick starr auf die Wegekreuzung gerichtet.

Plötzlich vernahm er dumpfe Pferdehufe. Schnell kamen sie immer näher. Der junge Lehrer richtete sich ein wenig auf, um den Weg besser einsehen zu können. Doch das, was dort aus dem Wald zur Weggabelung geritten kam, ließ ihm das Blut in den Adern gefrieren. Ein kopfloser

Reiter kam auf seinem schwarzen Pferd aus dem Wald geritten. In der Hand hielt er kampfbereit ein Schwert.

Starr vor Angst ließ der junge Lehrer den kopflosen Reiter an sich vorüberziehen. Der Reiter folgte dem Weg zum Dorf hinunter. Schüsse fielen in die dunkle und stille Nacht hinein. Ein Frauenschrei ertönte, dann näherten sich wieder die dumpfen Pferdeschritte. Als der junge Lehrer den kopflosen Reiter näherkommen und auf seinem Sattel eine Jungfrau sah, sprang er wagemutig aus seinem Versteck und versperrte mit gezogener Pistole dem kopflosen Reiter den Weg. Doch dieser ließ sich keineswegs beeindrucken und setzte seinen Weg unbeirrt fort. Der junge Lehrer feuerte seine Pistole auf den kopflosen Reiter ab, aber die Kugel blieb nur in seinem Körper stecken.

Erschrocken von diesem Ergebnis sprang er zur Seite und der kopflose Reiter galoppierte in den dunklen Wald davon. Nachdem sich der junge Lehrer von diesem Schreck erholt hatte, fasste er am darauffolgenden Morgen einen mutigen Entschluss. Mit mehreren Pistolen bewaffnet und einem Pferd wollte er die Fährte des kopflosen Reiters verfolgen. Den Spuren folgend kam er schon bald zur alten Burgruine, wo die Schweden einst den Leichnam des Reiters in einer Gruft verscharrten. Voller Angst, aber dennoch von Neugierde getrieben, ging er mit einer brennenden Fackel in der Hand Stufe für Stufe in die alte Gruft hinunter. Unten angekommen fand er dort die sterblichen Überreste des Anhaltischen

Reiters, dessen Kopf immer noch fehlte. Doch von dem kopflosen Reiter selbst, fehlte jede Spur.

Da kam dem jungen Lehrer eine Idee. Wenn man den Kopf des Reiters zu seinen Gebeinen legen würde, dann würde vielleicht der Fluch gebrochen. So machte sich der junge Lehrer auf den Weg nach Schweden, um den Kopf des Reiters zu suchen. Als er am schwedischen Königshaus ankam und die Geschichte des kopflosen Reiters dort erzählte, war das Königshaus so bestürzt über diese Geschichte, dass sie unverzüglich den Schweden suchen ließen, der einst als letzter siegreich Jagd auf den Anhaltischen Reiter gemacht und seinen Kopf als Trophäe behalten hatte. Nach einigen Tagen war der Schwede ausgemacht. Immer noch hatte er als Siegespfand den Schädel des Reiters bei sich, der einst so vielen Menschen das Leben gekostet hatte. Nun gab er ihn ohne zu zögern dem jungen Lehrer mit, der diesen mit zurück in den Westerwald nahm. Dort legte er sich mit dem Kopf des Reiters wieder am Abend auf die Lauer. Es dauerte eine Weile, bis der kopflose Reiter wieder aus dem dunklen Wald auftauchte. Wieder ritt er in das Dorf, um eine der Jungfrauen zu rauben, die ihn einst verspottet hatten. Doch außer der blonden Jungfrau, die ihm einst ihren Namen nicht verraten wollte, war niemand mehr da.

Da die Dorfbewohner ihre letzte Jungfrau verteidigen wollten, sperrten die jungen Männer sie in einen Keller ein und hatten sich aus Fässern und Wagen eine

Barrikade gebaut. Doch der kopflose Reiter machte kurzen Prozess mit den wehrhaften Männern. Einen nach dem anderen metzelte er nieder. Dann trat er mit einem kräftigen Fußtritt die Türe des Kellers ein und raubte unter großem Geschrei die blonde Jungfrau.

Als er mit ihr auf seinem schwarzen Pferd zurück in den Wald reiten wollte, stellte sich der junge Lehrer ihm in den Weg. „Halt!", schrie er aus voller Kehle. „Ich habe das, was du suchst"

Mit diesen Worten hielt der junge Lehrer dem Anhaltischen Reiter seinen Totenschädel hin. Dieser hielt sein Pferd an und streckte seine Hand dem Lehrer entgegen, um den Kopf zu empfangen. Doch der junge Lehrer war nicht dumm, so dass er alle geraubten Jungfrauen von dem kopflosen Reiter wieder haben wollte. Zuerst zögerte der Reiter, doch dann warf er die blonde und angsterfüllte Jungfrau von seinem Pferd hinunter. Schnell lief diese zu dem jungen Lehrer hinüber. Der warf dem kopflosen Reiter nun seinen Schädel zu. Langsam und majestätisch setzte sich dieser den Schädel wieder auf seinen Körper. Schlangenförmige Muskelstränge empfingen den Schädel und bildeten sehr bald wieder das Gesicht des Anhaltischen Reiters ab. Mit starrem Blick betrachtete er nun den jungen Lehrer und die blonde Jungfrau, deren Name er einst erfahren wollte. Dann gab er seinem Pferd die Sporen und verschwand wieder in der Dunkelheit des Waldes bei der alten Burgruine. Der junge Lehrer und die blonde Jungfrau kehrten unversehrt in das Dorf zurück, wo sie freudig begrüßt wurden. Noch größer wurde jedoch die Freude als am darauffolgenden Morgen alle geraubten Jungfrauen aus dem dunklen Wald wieder zurück ins Dorf kamen sehen. Der kopflose Reiter hatte sie noch in der Nacht freigelassen, doch keine von ihnen konnte sich erinnern, wo sie festgehalten worden waren. Seit dieser Zeit ist der kopflose Reiter nie wieder im Westerwald gesehen worden.

Die Juffer Piele

Es war einmal vor langer, langer Zeit, da lebte in dem kleinen rheinischen Dörfchen Rheinbreitbach eine junge hübsche Frau. Da diese unverheiratet war und seit mehreren Jahren keinen Mann hatte, wurde sie im Volksmund Juffer Piele genannt. Eines Tages ereignete es sich im Dorf, dass die Ehefrau des Schultheißen plötzlich schwer erkrankte. Sie aß nichts mehr, nahm kein Wasser mehr zu sich und starb wenig später in den Armen ihres Ehemannes. Niemand konnte sagen, warum die junge Ehefrau gestorben war, sodass die Menschen im Dorf allerlei Gerüchte erfanden. Als die Juffer Piele eines Abends beim Schultheiß vor der Türe gesehen wurde, um ihm ihre Anteilnahme auszusprechen, hieß es schnell bei den Menschen, dass diese sich an den frisch verwitweten Schultheiß heranmachen würde. Es mehrten sich nun auch die Stimmen, die behaupteten, dass die Juffer Piele schon länger ein Auge auf ihn geworfen und die Hochzeit des Schultheißen mit der jungen Frau missbilligt hätte.

Immer weiter erfanden die Menschen nun neue Ereignisse rund um die Juffer Piele. Der Dorfschmied erzählte bei seinen Kunden, dass er sie vor einigen Jahren am Dorfbrunnen gesehen habe, wie sie dort eine grüne Flüssigkeit aus einem Glas hineingeschüttet habe. Kurz darauf sei die Pest im Dorfe ausgebrochen, an der viele Menschen gestorben seien. Der Nachtwächter gab seine Geschichte zum Besten, in welcher er die Juffer Piele am Tage der heiligen Walburga Anfang Mai rund um den Koppelberg auf einem Besen haben fliegen gesehen. Andere Dorfleute erzählten von geheimnisvollen Salben und Tränken, die die Juffer Piele zur Heilung von Kranken einsetzen würde. Andere wiederum haben sie im Wald gesehen, wie sie sich dort mit dem Teufel eingelassen habe.

Die Geschichten und Gerüchte mehrten sich immer weiter, sodass die Stimmung im Ort immer aufgeheizter wurde. Als die angeblichen Beweise dem Schultheiß des Dorfes nunmehr zu viel wurden, ließ er die Juffer Piele auf Drängen der Bevölkerung festnehmen. An einem dunklen Abend wurde sie auf dem Burghof der Herren von Breitbach vor Gericht gestellt. Eine aufgebrachte Menschentraube hatte sich am Rande des Burgplatzes gebildet, in deren Mitte an einem Tisch fünf Männer als Richtende saßen. Unter ihnen war der Schultheiß des Dorfes, ein Priester, der Herr von Breitbach und zwei der angesehensten Männer des Dorfes. Im Scheine mehrerer brennender Fackeln wurde die Juffer Piele hereingeführt.

Als die beiden Wachen sie durch das Burgtor hineinführten, begann die Menge an zu grölen, zu geifern und zu schreien. „Verbrennt sie, die Hexe!", schrie eine alte Frau zornig. „Fort mit ihr!", schrie jemand anderes.

Der Schultheiß erhob sich und beruhigte mit erhobenen Händen die Menge. Es dauerte eine Weile, bis diese den Worten des Schultheißen lauschte. Dieser befahl den Wachen die Frau zu ihm zu bringen. Erst jetzt sah man im Scheine mehrerer Fackeln, dass ihr Bauch kugelrund war und sie ein Kind in sich trug. Als der Schultheiß dies sah, war ihm der Schrecken ins Gesicht geschrieben. Die Menge brüllte los: „Das ist die Brut des Teufels, die sie in sich trägt! Verbrennt sie!"

Nachdem der Schultheiß abermals die Menge beruhigt hatte, begann der Herr von Breitbach die Anklage gegen die Juffer Piele zu verlesen. Dieser warf ihr Hexerei und Mord an der jungen Frau des Schultheißen vor. Betroffen schaute die Juffer Piele zu Boden und wusste nicht, was sie dazu sagen sollte. Auch als der Dorfschmied und der Nachtwächter als Zeugen ihrer Hexenkünste aufgerufen wurden, konnte sie nichts mehr machen als zu schweigen. Dies sahen die fünf Richtenden als Beweis ihrer Schuld an, sodass sie die Juffer Piele am darauffolgenden Tag zum Tode durch das Feuer verurteilten. Bis dahin solle sie vor den Menschen sicher in einem Keller eingesperrt sein. Als die Juffer Piele dies hörte, begann sie furchtbar an zu weinen. Sie weinte nicht um sich selbst, sondern um das kleine Leben, welches in ihr gerade wuchs und nun mit ihr von dieser Welt gehen müsste.

Am nächsten Morgen wurde Juffer Piele in Anwesenheit vieler Rheinbreitbacher und unter den Augen des Schultheißen und des Scharfrichters auf einen Karren geladen. Langsam setzte sich die traurige Prozession in Richtung des Galgenplatzes in Gang, welcher am Rheinufer lag. Dort sollte die Hexe auf einem großen Scheiterhaufen verbrannt werden.

Doch auf halbem Wege verdunkelte sich der Himmel und ein Gewitter zog auf. Regen setzte ein, Donner und Blitze folgten. Plötzlich sauste mit einem großen Donnern ein heller Blitz aus den schwarzen Wolken herab und traf den Wagen der Juffer Piele. Dieser kippte mit lautem Geknarzte zur Seite und fing Feuer. Beißender Qualm machte sich breit.

Währenddessen strömte die schaulustige Menge kreischend auseinander, die hinter dem Wagen hergelaufen war. Als der Schultheiß und der Scharfrichter sich von dem Schrecken erholt hatten, schauten sie nach der Juffer Piele. Doch der Karren stand mittlerweile so lichterloh in Flammen, dass sie glaubten, dass die junge Frau in diesem verbrannt sei. Ein Zeichen des göttlichen Willens, den sie an der Juffer Piele auszuführen bereit gewesen waren.

Viele Jahre später trug es sich zu, dass ein junger Rittersmann in das beschauliche Dörfchen

Rheinbreitbach kam und sich in einem Gasthaus einquartierte. Dort hörte er beim Abendbrot von den Einwohnern Rheinbreitbachs die Geschichte der Juffer Piele, die einst als Hexe vom Blitz getroffen worden sei, erst spurlos verschwand und von manchem Wanderer in dunklen Nächten später als Geist immer wieder in den Feldern am Rhein gesehen worden sei.

Da der junge Rittersmann ein gescheiter Mensch war und seiner Zeit weit voraus, glaubte er nur an die Rationalität der Dinge und die Logik. Für ihn stellten diese Erzählungen, dass Frauen auf Besen ritten oder sich mit dem Teufel einließen, Humbug dar. Doch die Geschichte faszinierte ihn, sodass er am darauffolgenden Tag zu der Stelle aufbrach, an welcher die Juffer Piele einst vom Blitz getroffen worden war. Auf seinem großen und stolzen Pferd ritt er in seiner Rüstung den Weg zum Rhein hinunter. Sein Weg führte ihn durch zahlreiche Felder und Büsche, die am Wegesrand standen.

Auf halbem Weg vernahm er auf einmal ein Rascheln im Gebüsch. Er zog die Zügel seines Pferdes an und brachte es zum Stehen. Mit den Füßen in die Sattelstiegen gestemmt, schaute er über die dichten Büsche hinweg. Dort sah er in einiger Entfernung die Buschwipfel sich bewegen. Etwas kam auf ihn zugelaufen. Mit einer Hand am Schwert griffbereit, rief er mit lauter Stimme: „Wer ist dort im Gebüsch? Zeige er sich. Er braucht kein Unheil zu fürchten!"

Kurzzeitig verstummte das Rascheln im Gebüsch. Doch dann trat aus dem Gebüsch ein junges Mädchen hervor. An seinem Körper trug es ein zerschlissenes und dreckiges Kleid, doch seine Augen waren so hell und freundlich, dass der junge Rittersmann von ihr bezaubert war.

„Wer seid ihr?", fragte der Rittersmann und das junge Mädchen wusste nicht recht, was sie sagen sollte. Der Rittersmann stieg von seinem Pferd herab und ging mit klimpernden Schritten seiner Sporen auf das junge Mädchen zu.

„Sprecht ruhig. Ihr braucht keine Angst zu haben!"

Nun fasste sich das junge Mädchen ein Herz und verriet dem jungen Rittersmann ihren Namen: „Ich heiße Brunhilde."

„Und woher kommt ihr?", fragte der junge Rittersmann nach. Das junge Mädchen schaute zu Boden. Sie wollte nicht sagen, woher sie komme. Doch der junge Rittersmann hatte eine Idee. Vielleicht war es das junge Mädchen gewesen, welches die Dorfbewohner von Rheinbreitbach in den dunklen Nächten hier unten gesehen hatten. Wer weiß, ob sie etwas über die Geschichte der Juffer Piele wusste.

„Wollt ihr mir keine Antwort geben?", fragte der junge Rittersmann das Mädchen. Doch dieses schüttelte nur den Kopf. Nun nahm der junge Ritter all seinen Wagemut zusammen und fragte das junge Mädchen, ob sie etwas mit der Juffer Piele zu tun habe, die einst hier vom Blitz getroffen worden sei. Doch als das junge Mädchen dies hörte, erschrak es sichtlich, schüttelte nur den Kopf und rannte in die Büsche davon. Der junge Ritter schwang sich auf sein Pferd und folgte ihr. Immer dichter wurden die Büsche und ein dunkler Wald tat sich langsam auf. Doch der junge Ritter ließ das Mädchen nicht aus den Augen, sodass sie nach kurzer Verfolgungsjagd eine kleine helle Lichtung im Wald erreichten. Dort erblickte der junge Ritter ein kleines aus Zweigen und Ästen gebautes Haus. Dort hinein verschwand das junge Mädchen. Der junge Ritter hielt mit seinem Pferd an, stieg herab und rief: „Bleib bei mir. Ich will dir nichts tun!"

Doch in diesem Augenblick trat eine ältere Frau hervor. Ihren Oberkörper stützte sie gebeugt auf einen Krückstock ab. Ihre Kleider hingen in Fetzen. Das Gesicht war dreckig, die Haare verfilzt. Quer über ihr Gesicht verlief eine Brandnarbe. Mit krächzender Stimme rief sie dem Ritter etwas entgegen: „Was wollt ihr von meiner Tochter, Fremder?!"

Der junge Ritter war von dem Anblick der alten Frau so entsetzt, dass er kurz einen Moment inne halten musste. Doch dann verstand er, dass die alte Frau die Juffer Piele sein musste, die einst als Hexe verbrannt werden sollte. Sie war also nicht gestorben, sondern hatte durch den Blitzeinschlag ihr Leben retten können.

„Seid ihr die Juffer Piele?", fragte der junge Rittersmann. Die alte Frau stockte kurz.

„Die Juffer Piele ist vor langer Zeit vom Blitz getroffen worden und verschwunden."

„Und woher habt ihr eure Brandnarbe im Gesicht? So etwas habe ich noch von keinem Herdfeuer gesehen. Sagt mir die Wahrheit oder ich hole den Schultheiß von Rheinbreitbach."

Als die junge Tochter im Haus dies hörte, kam sie schnell herausgerannt, warf sich vor ihm auf die Knie und rief laut: „Macht das bitte nicht, edler Herr! Sie werden sie sonst umbringen!" Voller Mitgefühl half der junge Ritter dem jungen Mädchen aufzustehen. Währenddessen begann nun die alte Frau zu erzählen. Sie erzählte, dass sie tatsächlich die Juffer Piele sei, die vor einigen Jahren auf dem Gerichtskarren vom Blitz getroffen worden sei. Doch der Blitz habe nicht sie, sondern den Karren getroffen, sodass er umstürzte und in Brand geriet. In dem einsetzenden Chaos konnte sie dann in die nahen Büsche entfliehen. Hier war sie vor den Einwohnern Rheinbreitbachs sicher. Der Wald und die Felder versorgten sie mit allem nötigen und sie gebar ihr Kind im Schutze der Natur. Niemand habe sie und ihre Tochter hier entdeckt. Die einfältigen Einwohner Rheinbreitbachs glaubten, dass meine Tochter, die mein junges Ebenbild ist, mein Geist sei, der bei dunklen Nächten durch die

Felder streift. Somit mieden die Einwohner die Felder, Büsche und Wälder in Richtung des Rheins.

Der junge Rittersmann lächelte leicht. Er hatte Recht gehabt und war als einziger hinter das Geheimnis gekommen. Doch eine Sache schien noch unklar. Wer war der Vater von Brunhilde?

Bei dieser Frage musste Juffer Piele kurz schlucken. Der junge Rittersmann und ihre Tochter schauten sie erwartungsvoll an. Wie oft hatte ihre Tochter sie schon nach ihrem Vater gefragt und von ihr keine Antwort erhalten. Vielleicht sollte heute der Tag sein, an welchem das Geheimnis gelüftet wird.

In ruhigen Worten begann Juffer Piele zu erzählen, dass sie nicht immer ohne Mann gelebt habe. Sie habe nach der Hochzeit der jungen Frau mit dem Dorfschultheißen ein Liebesverhältnis begonnen. Heimlich trafen sie sich bei Mondschein im Wald. Als die Juffer Piele jedoch vom Dorfschultheiß einforderte mit ihr das Dorf zu verlassen, um glücklich mit ihr leben zu können, verneinte der Dorfschultheiß dies mit dem Hinweis, dass er seine gesellschaftliche Stellung waren und bei seiner jungen Ehefrau bleiben müsse, für die er Verantwortung trage und eine große Mitgift von dessen Familie erhalten habe. Als die Juffer Piele das gehört hatte, erzählte sie voller Wut der Ehefrau des Schultheiß von ihrer Affäre mit ihrem Ehemann. Die junge Frau fiel daraufhin in eine tiefe

Depression, sodass sie weder essen noch trinken wollte und letztlich starb.

Zu diesem Zeitpunkt trug Juffer Piele bereits das Kind des Schultheißen von Rheinbreitbach in sich. Als dieser ihre Schwangerschaft bei der Gerichtsverhandlung bemerkte, tat dieser alles, um sie loszuwerden. Denn niemand sollte seine Liebschaft mit ihr in Erfahrung bringen und den geerbten Reichtum seiner verstorbenen Ehefrau wollte er selbst behalten. Somit überzeugte der Schultheiß die Richtenden und legte den Zeugen die Worte so in den Mund, dass das gesamte Dorf sie als Hexe verurteilte.

Als der junge Rittersmann und das junge Mädchen diese Worte gehört hatten, waren beide tief betroffen. Beide konnten die Schlechtigkeit eines solchen Menschen nicht erfassen. Doch dann kam dem Rittersmann eine gute Idee, wie sie gemeinsam die Sache aufklären könnten.

Es war schon spät in der Nacht in dem kleinen Weinort Rheinbreitbach. Hell schien der Vollmond über der Kirchturmspitze. Ein Käuzchen rief aus dem Wald. Die Bewohner von Rheinbreitbach schliefen fest in ihren Fachwerkhäuschen. Lediglich der Nachtwächter zog seine Runden durch den Ort und kontrollierte jede Straße. Auch am Haus des Schultheißen von Rheinbreitbach blieb er stehen. Seit dem Tod seiner Ehefrau hatte er niemanden mehr zu sich genommen. Nun schlief er tief und fest in seinem Bett.

Als der Nachtwächter vorüber war, kamen zwei Gestalten an das Haus gelaufen. In der Hand hielten sie eine kleine Holzleiter, die sie an das Fachwerk anstellten. Eine der Gestalten kletterte die Leiter hinauf, drückte eines der Fenster auf und kletterte ins Innere des Fachwerkhauses. Durch das offene Fenster fiel nun das Mondlicht herein und man konnte das Gesicht der jungen Brunhilde erkennen. Ihr Gesicht war bleich gefärbt und sie hatte das alte versengte Totenhemd der Juffer Piele angezogen, welches ihr zur Hinrichtung angezogen wurde. Brunhilde sah gespenstisch aus.

Auf leisen Fußsohlen betrat sie das Schlafzimmer des Schultheißen und setzte sich auf einen Stuhl in eine Ecke. Vorher öffnete sie jedoch noch ein Stück des Schlafzimmerfensters, sodass nun ein Lichtspalt des Mondes in ihre Zimmerecke fiel. Auf dem Stuhl sitzend und mit einer gespenstischen Miene, rief sie nun leise immer wieder den Namen des Schultheißen. Dieser wachte von diesem Ruf auf und erschrak zu Tode als er Brunhilde in seinem Zimmer erblickte. „Das kann doch nicht wahr sein! Die Juffer Piele!", brachte er nur noch mit zitternder Stimme und weit aufgerissenen Augen hervor, bevor er seine Bettdecke bis zur Unterkante seiner Nasenspitze heraufzog.

Brunhilde gefiel die Angst des Mannes, sodass sie ihr Schauspiel nun weiter fortsetzte. Mit gespenstischer und ruhiger Stimme sagte sie nun: „Du hast mich umgebracht! Mich und unser gemeinsames Kind!"

Der Schultheiß wusste nicht, was er tun sollte. Die Angst stand ihm ins Gesicht geschrieben. Schlotternd wagte er zu fragen, was der Geist von ihm wolle und Brunhilde antwortete ihm: „Du musst die Wahrheit sagen! Die ganze Wahrheit!"

Verängstigt schaute der Schultheiß Brunhilde an: „Welche Wahrheit?"

„Die weißt du ganz genau!", fuhr Brunhilde ihn an und setzte einen starren Blick auf.

Dies versetzte dem Schultheiß so einen Schrecken, dass dieser vor Angst im Bett wimmerte. Dies gefiel Brunhilde und sie befahl ihm am nächsten Morgen alle Einwohner Rheinbreitbachs auf dem Burgplatz zu versammeln und ihnen die Wahrheit zu erzählen. Sofern er dies nicht tun würde, käme sie von nun an jede Nacht, um ihn in seinem Haus heimzusuchen.

Angsterfüllt von dieser Drohung rief der Schultheiß, dass er alles sagen und machen werde. Zeitgleich sprang er aus seinem Bett und lief schreiend aus dem Schlafzimmer. Diese Gelegenheit nutzte Brunhilde, schloss das Fenster, kletterte wieder aus dem Fenster im Nachbarraum und landete am Fußende bei der anderen Gestalt, die sie freundlich im hellen Mondlicht angrinste. Es war der junge Rittersmann.

„Hat alles geklappt?", fragte er neugierig.

„Ja, hat es. Er wird es morgen auf dem Kirchplatz verkünden. Aber nun müssen wir schnell weg, bevor uns noch jemand sieht.", antwortete Brunhilde, packte die Holzleiter und verschwand zusammen mit dem jungen Rittersmann in der Dunkelheit.

Am nächsten Morgen ließ der Schultheiß wie versprochen die Einwohner von Rheinbreitbach auf dem Burgplatz versammeln. Auch der Herr von Breitbach und der Priester von der damaligen Gerichtsverhandlung waren da. Unter die Menge hatte sich der junge Rittersmann sowie die Juffer Piele und ihre Tochter Brunhilde gemischt. Die beiden Frauen waren dabei in Kapuzengewänder gekleidet und ihre Gesichter verdeckt. Lediglich der junge Rittersmann war in der Menge gut zu erkennen.

Ungeduldig warteten die Dorfbewohner auf die Ansprache des Schultheißen. Doch dieser zierte sich zuerst, dann begann er seine Ansprache. Er erklärte, dass er sich vor Gott und den Menschen schuldig gemacht habe. Die Juffer Piele sei ihm heute Nacht als Geist erschienen und hätte ihm aufgetragen die Wahrheit zu sagen. Der Schultheiß berichtete, dass die Juffer Piele seine Liebste gewesen sei und sein Kind in sich getragen habe. Aus Angst um seinen Posten, seinen Besitz und vor Sorge zum Geschwätz des Dorfes zu werden, habe er die Menschen so beeinflusst, dass sie glaubten, dass die Juffer Piele eine Hexe sei. Seine junge Frau wäre an Gram gestorben als sie von der Liebschaft zwischen der Juffer

Piele und ihm erfahren habe. All dies täte ihm nun furchtbar leid und er würde um Vergebung bitten.

Nachdem der Schultheiß die letzten Worte gesprochen hatte, ging ein Raunen durch die Menge. Einer schrie, dass der Schultheiß sie alle ins Verderben gestürzt habe. Gott würde sie alle strafen. Der Schultheiß muss sterben!

Auch der Priester sowie der Herr von Breitbach wurden zusehends nervös. Der Herr von Breitbach wies die Wachen an, den Schultheiß verhaften zu lassen. Doch in diesem Augenblick stieg der junge Rittersmann auf ein Holzfass. Mit lauter Stimme rief er den Einwohnern zu, dass sie ihm zuhören sollten. Die Menge verstummte.

Mit wenigen Worten erklärte der junge Rittersmann, dass er eine Entdeckung gemacht habe und er sie alle bis auf den Schultheiß von ihrer Schuld befreien könnte. Als Gegenleistung fordere er jedoch, dass der Schultheiß nicht getötet, sondern aus dem Dorf verbannt werden solle. Als die Menge und der Herr von Breitbach sich widerwillig auf das Angebot einließen, erzählte der junge Rittersmann, dass die alte Juffer Piele den Blitzeinschlag überlebt habe. Sie sei zwar stark gezeichnet, habe aber im Wald in einer kleinen Buschhütte überlebt. Dort brachte sie ihr Kind zur Welt und zog es auf. Ein Kind, welches ihr wie in jungen Jahren gleich ist.

Ein Murmeln ging durch die Menge und die ersten Bewohner wollten den jungen Rittersmann als einen Lügner beschimpfen. Doch in diesem Augenblick zogen die Juffer Piele sowie ihre Tochter die Kapuzen von ihren Köpfen. Beim Anblick ihrer Gesichter ging ein Aufschrei durch die Menge. Der Schultheiß, der nun die nächtliche Finte verstand, kippte in Ohnmacht. Auf dem Burgplatz herrschte Stille.

„Lasst euch das eine Lehre sein. Macht euch immer selbst ein Bild von einem Menschen und hört nicht auf das Geschwätz von einzelnen!", rief der junge Rittersmann in die Menge, bevor er von dem Fass hinunterstieg und zu Brunhilde hinüberging.

Währenddessen erhob der Herr von Breitbach seine Stimme. Er bedankte sich bei dem jungen Rittersmann und entschuldigte sich mit einer tiefen Verbeugung im Namen aller Einwohner bei der Juffer Piele für das erlittene Unrecht. Die Einwohner taten es ihm nach. Darüber hinaus bot der Herr von Breitbach ihr an, dass sie kostenfrei auf der Burg im Gesindehaus leben könne. Doch die Juffer Piele lehnte das Angebot ab. Sie wolle nur noch frei sein und das erlittene Unrecht vergessen. Alsbald zog sie ebenso wie der ehemalige Schultheiß von Rheinbreitbach hinfort. Ihre junge Tochter Brunhilde hingegen blieb zusammen mit dem jungen Rittersmann in Rheinbreitbach wohnen. Denn sie hatten sich unsterblich ineinander verliebt.

Adelgund von Breitbach

Es trug sich zu einer Zeit zu, als in Europa das schwedische Königshaus mit anderen Ländern im Streit stand. Grund hierfür war der Glaube: Der eine glaubte an den Papst als Vertreter Gottes auf Erden. Der andere wiederum glaubte daran, dass die Größe des eigenen Reichtums einen näher zu Gott bringen würde. Andere wiederum glaubten an gar nichts, nutzten jedoch den Glauben aus, um andere zu berauben.

In dieser Zeit lebte in Rheinbreitbach auf der Unteren Burg eine schöne und reiche Prinzessin namens Adelgund von Breitbach. Sie war in der Bevölkerung wegen ihrer Milde und Güte sehr beliebt. Sie half den Armen und Kranken und verstand es bei Streitigkeiten zwischen den Rheinbreitbachern zu vermitteln.

Eines Tages kam ein berittener Bote auf die Burg geritten. Laut verkündete er, dass die protestantischen Schweden durch die Lande ziehen würden. Sie plünderten, raubten und steckten alle Häuser in Brand. Wer kann, solle so schnell wie möglich die Flucht ergreifen. Diese Nachricht versetzte die Menschen in Rheinbreitbach in helle Aufregung. Das Dorf besaß nur einen einfachen Erdwall mit Holzpalisaden. Zudem waren die Einwohner nur mit Mistgabeln und einigen Spießen bewaffnet. Kurz gesagt: Die Rheinbreitbacher waren den anrückenden Schweden hilflos ausgeliefert. Unruhe, Angst und Panik machten sich breit.

Um die Menschen zu beruhigen, ließ Adelgund von Breitbach verkünden, dass niemand Angst zu haben brauche. Sie werde mit den Schweden verhandeln und das Dorf vor seiner Zerstörung retten. Daraufhin beruhigte sich die Lage im Ort und man wartete gespannt auf das Eintreffen der Schweden.

Am darauffolgenden Morgen war es so weit. Aus der Ferne hörte man mehrere Pferde heran galoppieren. Die Erde bebte. Eine Reitereinheit näherte sich vom heutigen Bad Honnef aus dem Dorf. Vorne voran ritt ein schwedischer Offizier mit gelbem Federbusch am Helm. Wie mit Adelgund von Breitbach besprochen, ließen die Rheinbreitbacher die Schweden in das Dorf. Sie wiesen ihnen den Weg zur Unteren Burg. Doch den Schweden war das egal. Rücksichtslos begannen sie im Dorf zu plündern und zu rauben. Die Beute war alles, was sie im Kopf hatten. Die Dorfbewohner begannen nun sich mit Mistgabeln und Spießen zu wehren. Ein erbitterter Kampf begann.

Schnell rannte ein barfüßiger Bauernjunge zur Unteren Burg und berichtete Adelgund von Breitbach, was im Dorf geschah. Diese eilte den Schweden entgegen und stellte sich wagemutig der plündernden Horde entgegen.

„Haltet ein mit diesem Wahnsinn!", schrie sie lauthals. Doch niemand hörte sie. Als der schwedische Offizier sie wenig später im Kampfgetümmel erblickte, traf ihn die Schönheit der Adelgund von Breitbach wie ein Pfeil in sein

Herz. Schon lange hatte er so ein wundervolles Wesen wie Adelgund von Breitbach nicht mehr erblickt. Der Krieg hatte ihn vergessen lassen, welche Schönheit das Leben hervorbringen kann. Sofort ließ er seine Männer den Kampf einstellen, stieg von seinem Pferd herab und stellte sich der Prinzessin vor.

Diese war sichtlich erleichtert, dass die Kämpfe aufgehört hatten und begann nun mit dem schwedischen Offizier zu verhandeln. Sie bot ihm eine Kiste voller Gold und Silbermünzen an, wenn er das Dorf verschonen und weiterziehen würde. Doch der schwedische Offizier antwortete ihr, dass er Befehl habe, jedes Dorf, durch das er reite, zu zerstören und niederzubrennen. Jedem, der eine andere Meinung zu Gott habe als der schwedische König, darf nichts geschenkt werden.

Adelgund überlegte hierauf kurz und antwortete, dass Gott kaum es gutheißen würde, wenn sich in seinem Namen die Menschen gegenseitig Schaden zufügen. Denn Gott hat alle Menschen (auch diejenigen, die nicht an ihn glauben) mit Augen, Nase, Mund und Ohren gestaltet. Sind wir daher nicht alle Brüder und Schwestern? Ist nicht jeder von uns ein Mensch, den es zu respektieren gilt?

Diese Worte brachten den schwedischen Offizier zum Nachdenken und er beschloss die Zerstörung des Dorfes abzubrechen. Um seine Männer zu beruhigen, nahm er die Gold- und Silbermünzen der Adelgund von Breitbach und verteilte diese unter seinen Männern. Doch bevor er mit seinen Männern abrücken konnte, steckte einer seiner Soldaten unbemerkt die Untere Burg in Brand. Er war unbelehrbar gewesen und andere Menschen waren ihm egal.

Schnell weitete sich der Brand auf der Burg aus. Den Schweden, die eben noch das Dorf geplündert hatten, wurde nun von dem schwedischen Offizier befohlen, das Feuer zu löschen. Zusammen mit den Dorfbewohnern gelang es ihnen das Feuer einzudämmen. Die Burg brannte nur teilweise nieder.

Nachdem der Brand gelöscht war, ließ der schwedische Offizier den Brandstifter festnehmen. Er wurde wegen Befehlsverweigerung vor Gericht gestellt. Die Schweden ritten nach Unkel weiter. Das Dorf Rheinbreitbach hingegen blieb durch die mutige und kühne Tat der Adelgund von Breitbach weitgehend unzerstört.

Die Geschichte vom reichen Weinhändler (historisch)
In Rheinbreitbach lebte einst ein Weinhändler mit Namen Adolf Müller. Dieser hatte sich die letzten Jahre ein beachtliches Vermögen durch den Verkauf von Wein erarbeitet und lebte glücklich in einem alten Winzerhof in der Hauptstraße. Diesen Winzerhof hatte er über die Zeit prächtig umgebaut. Hohe Decken mit verzierten Engelsköpfen zierten im Obergeschoss die Wohnräume. Mehrere Kamine wärmten die Zimmer im Winter und große Fenster ließen das Tageslicht in den Raum

einfallen. Hinzu kamen prächtige Möbel aus edlen Hölzern und feinste Gardinenstoffe schafften ein behagliches Wohngefühl. Kurzum – Adolf Müller besaß ein prächtiges kleines Anwesen.

An einem dunklen Winterabend im Dezember stieg Adolf Müller in seinen reich gefüllten Weinkeller hinunter. Ordentlich lag ein Fass neben dem anderen aufgestapelt. Ein gutes Geschäftsjahr lag hinter ihm und sein ganzer Reichtum lag hier unten vor ihm ausgebreitet.

Da überkam ihn plötzlich eine merkwürdige Traurigkeit und er fühlte eine tiefe Unzufriedenheit. Trotz seines Reichtums fühlte er sich auf einmal so allein.

Dabei kannte er doch so viele Menschen im Ort. Er hatte viele Geschäftskontakte und war ein angesehener Mann. Dennoch fehlte ihm irgendetwas. Da er keine Antwort auf seine Unzufriedenheit fand und diese auch noch nach Tagen anhielt, beschloss er in der nahegelegenen Leonharduskapelle zu Gott zu beten. Er bat ihn darum, dass er ihm helfen möge seine Unzufriedenheit wieder loszuwerden. Schließlich sei er reich und gesund und müsste doch für alles dankbar sein. Doch Gott gab ihm keine Antwort darauf.

Enttäuscht verließ Adolf Müller die kleine Kapelle und schlenderte niedergeschlagen die Straße zu seinem Winzerhof hinunter. Es war schon dunkel geworden und dicke Schneeflocken fielen auf das Kopfsteinpflaster der Straße hinunter, als der Blick von Adolf Müller auf das erleuchtete Fenster eines kleinen heruntergekommenen Fachwerkhauses fiel. Neugierig ging er darauf zu und schaute durch die vereiste Fensterscheibe hinein. Er wusste, dass dort eine junge Frau mit ihrer kleinen Tochter lebte. Sie waren nicht besonders reich und besaßen keinen guten Ruf im Dorf. Denn die junge Frau hatte keinen Ehemann und dennoch ein kleines Kind, was zu damaliger Zeit als unsittlich galt.

Wie oft hatte Müller schon die Breitbacher Weiber beim Wasserholen am Kirchplatz schlecht über die junge Frau reden gehört, aber nichts weiter dazu gesagt.

Jetzt schaute er zum ersten Male genauer hin. Durch das kleine Fenster erblickte er in einem klapprigen Bett liegend die Tochter der jungen Frau. Kränklich sah diese im Schein einer kümmerlich brennenden Kerze aus. Neben ihr saß auf einem Hocker die junge Mutter. Sie hatte lange blonde Haare und ein hübsches Gesicht. Tränen rollten ihr über die Wangen. Dem kleinen Kind schien es nicht gut zu gehen.

Adolf Müller betrachtete die Szene eine Weile. Kurz bevor er sich entschloss weiterzugehen, fasste er sich und klopfte an das Fenster. Die junge Frau fuhr erschrocken hoch, wischte sich die Tränen ab, ging langsam zum Fenster und öffnete es.

Zum Vorschein kam das freundliche Gesicht von Adolf Müller. „Guten Abend, Fräulein. Verzeihen Sie bitte die Störung. Mein Name ist Adolf Müller und ich wohne ein paar Häuser weiter. Ich kam gerade an ihrem Haus vorbei und mein Blick fiel auf ihr erleuchtetes Fenster. Ihrem Kind scheint es nicht gut zu gehen. Gibt es etwas, was man vielleicht für Sie tun kann?"

Die junge Frau schaute Adolf Müller mit verweinten Augen an. Sie überlegte wohl kurz, ob sie ihm trauen könnte. Doch seine freundliche Ausstrahlung überzeugte sie.

"Meine kleine Tochter Sophie hat seit zwei Tagen Fieber. Sie will nichts essen und ich mache mir große Sorgen. Um einen Arzt zu rufen, fehlt mir jedoch das Geld. Ich habe große Angst um sie."

Ruhig und verständnisvoll hörte sich Adolf Müller die Antwort an. Dann verabschiedete er sich mit den Worten, dass er gleich noch einmal zurückkommen werde.

Wenig später klopfte es erneut an dem Fenster des kleinen Fachwerkhauses. Wieder öffnete die junge Frau das Fenster und das Gesicht von Adolf Müller kam zum Vorschein. In der Hand hielt er einen Beutel voller Geldmünzen. Diesen reichte er der jungen Frau durch das Fenster.

„Ich habe den Arzt aus Bad Honnef bereits rufen lassen. Er wird bald da sein. Das Geld dürfte für die erste

Behandlung reichen. Sofern noch Geld für den Arzt benötigt wird, melden Sie sich einfach."

Die junge Frau wusste vor lauter Glück gar nicht, was sie sagen sollte. Aufgeregt und mit zitternden Händen nahm sie das Geld an sich. Hoffnung keimte in ihren Augen auf und Adolf Müller sah sie zum ersten Mal lächeln. Dieses Lächeln traf ihn bis in die tiefste Region seines Körpers und mit einem Mal war seine Unzufriedenheit wie hinweggefegt. Dem Weinhändler Adolf Müller wurde in diesem Augenblick bewusst, dass finanzieller Reichtum allein kein zufriedenes Leben ausmacht. Nur, wer seinen Reichtum auch mit anderen teilt, wird auch ein zufriedenes Leben haben.

Wenige Tage später war die kleine Sophie bereits wieder auf den Beinen. Adolf Müller sorgte dafür, dass das kleine Fachwerkhaus wieder instandgesetzt wurde und verliebte sich in die junge Mutter, die er später heiratete.

Seit dieser Zeit engagierte er sich für die Armen im Ort, setzte sich im Gemeinderat für die Schwachen ein und begründete die Feuerwehr in Rheinbreitbach. Sein Engagement für den Ort und die Menschen kannten seit diesem Ereignis keine Grenzen mehr. Eine nie enden wollende Zufriedenheit durchströmte ihn seit dieser Zeit. Denn gutes Leben und gutes Handeln schafft ein glückliches Dasein.

Der Schuster und die 30 Silberlinge (historisch)

Vor vielen Jahren lebte einst ein armer Schuster in Rheinbreitbach. Sein Name war Aloys und er hatte vier Söhne. Seine Frau war schon früh gestorben, sodass er die Kinder allein versorgen musste. Zusammen mit seinen Kindern lebte er in einem kleinen Fachwerkhaus in der Vonsbach. Dort saß Aloys bis spät in der Nacht im Lichte einer kleinen Kerze und reparierte die Schuhe der Dorfbewohner.

Doch das Geld reichte vorne und hinten nicht. Die Menschen in Rheinbreitbach waren zu dieser Zeit einfache Bauern und Bergleute, die sich neue Schuhe oder Reparaturen nur selten leisten konnten. Zudem lebte eine Räuberbande im Wald rund um das Dorf herum. Diebstähle waren somit immer wieder an der Tagesordnung. Das Geld für die Familie des Schusters war daher sehr knapp.

Von Geldsorgen geplagt ging der Schuster Aloys zum Rhein hinunter. Dort besaß er aus alten Tagen ein kleines Stückchen Gartenland in der Nähe der Rolandsecker Fähre. Kartoffeln, Möhren, Salat, Gurken und anderes Gemüse baute er dort für sich und seine Kinder an. Das Stück Gartenland brachte die Familie durch.

Als die Fähre wieder einmal über den Rhein gesetzt hatte, sah Aloys einen alten Mann aus dem Fährboot steigen. Er trug eine schlichte schwarze Kutte, einen großen runden Hut und hatte einen kleinen Koffer bei sich. Zielstrebig ging der alte Mann auf Aloys zu und begrüßte ihn: „ Guten Morgen, mein Herr, mein Name ist Pater Franziskus, ich bin Franzose und bin auf der Suche nach einem Zimmer für die kommenden Tage. Können Sie mir hierbei weiterhelfen?"

Aloys betrachtete kurz den Pater und überlegte, ob er jemanden in Rheinbreitbach empfehlen könne, der ein Zimmer frei hätte. Da fiel ihm plötzlich die kleine Dachkammer in seinem eigenen Haus ein: „Guten Tag Pater, ich könnte euch selbst ein Zimmer unterm Dach anbieten. Es ist zwar nicht sehr groß, aber es hat ein Bett und eine Waschgelegenheit. Verpflegung könnte ich euch gegen Aufpreis organisieren. Was haltet ihr davon?"

Dankend nahm der Pater das Angebot an und der Schuster führte den Pater zu seinem Fachwerkhaus in die Dachkammer. Dort gab der Pater dem Schuster einige französische Silbermünzen als Bezahlung für das Zimmer und begann seine Habseligkeiten auszupacken. Am Morgen, zur Mittagszeit sowie am Abend stieg der Pater von der Dachkammer hinab in einen kleinen Innenhof des Hauses. Dort sprach er seine Gebete, bevor er das Essen zu sich nahm oder zu Bett ging. Es war ein harmonisches Zusammenleben zwischen dem Schuster, seinen vier Söhnen und dem Pater, der der Familie nun ein festes Einkommen brachte.

Eines Tages jedoch klopfte es abends an die Türe. Der Schuster öffnete langsam die Türe einen Spalt und draußen standen zwei schwarz gekleidete Männer. Sie trugen einen Degen und hatten eine Pistole im Halfter.

„Guten Abend. Wir haben gehört, dass hier ein französischer Pater wohnen soll. Ist das richtig?"

Dem Schuster kam die Situation nicht geheuer vor, sodass er vorerst schwieg und abwartete.

„Wir sind auf der Suche nach dem Pater. Er wird in Frankreich wegen seiner Religion gesucht. Auf ihn ist ein Lösegeld ausgesetzt: 30 Silberlinge." erklärte der zweite Mann und hielt Aloys den Beutel voller klimpernden Münzen hin.

Aloys sah seine Chance gekommen. Ohne zu zögern nahm er das Geld an sich und wies den beiden Männern den Weg zur Dachkammer hin. Der Pater, den die beiden aus dem Schlaf rissen, war völlig überrascht. Er hatte noch nicht mal Zeit seine Habseligkeiten zu packen. Die beiden lachenden Männer banden ihn mit einem Seil an eines ihrer Pferde und brachen mit ihm nach Frankreich auf.

Währenddessen legte sich der Schuster Aloys in sein Bett. Auf seinem Nachttisch lag der Beutel mit Silbermünzen. Nun hatte er genug Geld, um sich und seine Familie bis an sein Lebensende glücklich durchzubringen. Zufrieden fiel er bald in einen tiefen Schlaf.

In seinem Schlaf träumte er davon, wie er von den Silbermünzen für seine Söhne ein großes Gasthaus an der Kreuzung der Hauptstraße und Rheinstraße errichten würde. Auch Grundstücke würde er für sich und seine Söhne kaufen. Zahlreich würden seine Enkel sein.

Doch plötzlich verdunkelt sich der Traum. Dunkle Wolken ziehen am Himmel auf. Ein Grollen ist zu hören. Aloys sieht seine Söhne krank und elend. Die von den Silberlingen gekauften Felder verdorren. Ein Sturm bricht los, der alles hinwegfegt. Als der Schuster davon erfasst wird, hört er eine Stimme rufen: Deine Gewissenlosigkeit wird dein Untergang sein!

Schweißgebadet wacht der Schuster Aloys aus seinem Traum auf. Draußen war es immer noch Nacht. Keuchend setzt er sich auf den Rand seines Bettes. Er betrachtet den Beutel mit den Silberlingen auf seinem Nachttisch. Ihm wurde bewusst, dass das Geld ihm kein Glück bringen werde. Doch was sollte er jetzt tun?

Aloys beschloss einen waghalsigen Plan. Er nahm die Hälfte der Silbermünzen, zog sich an und ging im Schein einer kleinen Laterne aus dem Haus in Richtung des Waldes. Sein heißer Atem qualmte in der kalten Nacht und seine Hände zitterten. Lange streifte er auf dem Weg in Richtung Auge Gottes durch den Wald. Er war auf der Suche nach den Räubern.

Plötzlich knackte es im Geäst. Eine dunkle Männerstimme rief: „Halt! Wenn dir dein Leben lieb ist!"

Aloys blieb angsterfüllt stehen. Vier Räuber mit Säbeln und Pistolen bewaffnet kamen aus verschiedenen Büschen heraus.

„Gib uns alles, was du hast!", fuhr ihn einer an.

Aloys schlotterte vor Angst. Doch er wollte seinen Plan in die Tat umsetzen.

„Ich habe 15 Silbermünzen für euch!", erwiderte er und hielt ihnen die Silberlinge hin. Die Räuber glaubten kaum, was sie da hörten und lachten. Einer schritt auf Aloys zu.

„Woher hat denn ein so armer Wicht so viel Geld." sagte er während er das Geld an sich nahm.

„Das ist unwichtig." erwiderte Aloys „Ich biete euch aber weitere 15 Silberlinge an, wenn ihr einen Auftrag für mich erfüllt."

Die Räuber schauten sich gegenseitig an und grinsten dann breit über ihre dreckigen Gesichter.

„Für 15 Silberlinge machen wir so einiges.", erwiderten sie.

„Gut. Vor ein paar Stunden haben zwei Franzosen einen Pater aus meinem Haus abgeholt, gefesselt und sich auf dem Weg nach Frankreich gemacht. Ich will, dass ihr ihn zurückholt, ihn hierher bringt und danach für immer aus unseren Wäldern verschwindet"

Mit dem letzten Wort wurde Aloys etwas mulmig zumute. Er war unsicher, ob er nicht zu viel eingefordert hatte, doch die Räuber stellten sich kurz zusammen und berieten. Dann drehten sie sich zu Aloys um.

„Morgen Nacht treffen wir uns wieder hier. Die Silberlinge solltest du dann dabei haben."

Danach verschwanden die Räuber so geräuschlos wie sie gekommen waren. Nachdem sich Aloys etwas beruhigt hatte, ging er zu seinem Haus zurück. Immer wieder drehte er sich dabei um, ob ihn auch niemand folgen würde. Doch es blieb ruhig. Als er an seinem Haus in der Vonsbach ankam, ging gerade die Sonne auf. Er weckte seine Söhne, verteilte die Hausarbeiten und machte seine Arbeit als Schuster. Die ganze Zeit dachte er dabei daran, ob die Räuber wohl seinen Auftrag ausführen würden.

Als es Abend wurde, beendete Aloys rasch seine Arbeit. Er ging nach Hause, holte die restlichen Silberstücke, packte die Sachen des Paters und ging wieder in den Wald. Voller Anspannung erreichte er die Stelle, wo er gestern Nacht die Räuber getroffen hatte. Niemand war zu sehen oder zu hören.

Plötzlich raschelte es in den umliegenden Gebüschen. Ein lautes Gelächter war zu hören. Die vier Räuber kamen zum Vorschein. Bei sich hatten sie den Pater, der einen Sack über den Kopf gezogen hatte.

„Hast du den Franzosen gesehen, wie er in Unterhose davongelaufen ist. Der wird uns so schnell nie wieder besuchen!" amüsierten sich die Räuber. Als sie nahe genug an Aloys herangekommen waren, sprach einer der Räuber ihn an.

„Hier ist, wie von dir gefordert, der Pater. Hast du die restlichen Silberstücke dabei?"

Aloys nickte und holte den Beutel mit den Silberstücken heraus. Der Räuber wollte diese greifen, doch Aloys stockte. Zuerst wollte er das Gesicht des Paters sehen und forderte die Räuber auf, den Sack vom Kopf des Paters zu ziehen. Mit einem Ruck war der Sack vom Kopf gezogen und Aloys sah das Gesicht des sichtlich verängstigten Paters. Doch als dieser Aloys erblickte, wich seine Angst Verwunderung.

Aloys gab den Räubern das Geld. Angespannt wartete er nun darauf, was sie tun würden. Doch die Räuber freuten sich so sehr über die restlichen Silberstücke, dass sie so schnell verschwanden wie sie gekommen waren und sie hielten ihr Wort. Nie mehr waren sie im Breitbacher Wald gesehen.

Aloys und der Pater standen nun allein im Wald. Beide schwiegen bis zu dem Zeitpunkt, als Aloys das Wort ergriff. Er entschuldigte sich für das, was er getan hatte, bereute aufrichtig seinen Verrat und der Pater verzieh ihm letztendlich. Versöhnt nahm der Pater seine Sachen an sich und verschwand in der Dunkelheit. Aloys hingegen kehrte in sein Haus in der Vonsbach zurück. Seine Erkenntnis aus diesem Erlebnis war, dass skrupellos erworbener Reichtum keinen Mann glücklich werden lässt.

Die Rheinfischer

Einst lebte im 18. Jahrhundert eine Fischersfamilie in Rheinbreitbach. Direkt am Rhein, bis heute Salmenfang genannt, bewohnte die vierköpfige Familie, bestehend aus Vater, Mutter und den zwei Söhnen eine bescheidene Fischerhütte. Die Familie war schon seit Jahrhunderten in der Rheinfischerei tätig und verkaufte die Fische wie Aale und Lachse zu angemessenen Preisen auf dem Markt. Der Rhein mit seinen reichen Fischvorkommen sorgte für das bescheidene Überleben der Familie. Somit war es nicht verwunderlich, dass auch die beiden Söhne vom Vater das Fischereihandwerk im Rhein erlernen wollten. Eifrig und wissbegierig ließen sich die beiden Jungen sich alles vom Vater zeigen und erklären. Ihr Vater brachte ihnen alles über das Flicken der Netze bis zum Auswerfen derselben bei. Auch zeigte er ihnen die besten Fischgründe im Rhein, so wie es einst der Großvater seinen Söhnen gezeigt hatte. Doch eines Tages, als der Vater mit den beiden Söhnen die Netze mit reichem Fang in ihr kleines Fischerboot einholte und sagte, dass es nun nach Hause gehen würde, fragte einer der Söhne, warum sie nicht noch mehr Fische fangen würden. Der jetzige Fischfang sei zwar groß, aber wenn man das Netz mehrfach auswerfen würde, hätte man auch einen größeren Gewinn und mehr Geld für die Familie. Da drehte sich der Vater zu seinen beiden Söhnen um und sagte, dass man dies sicherlich tun könne. Doch der Mensch solle bedenken, dass man sich von der Natur nur das nehmen solle, was man zum Leben auch wirklich braucht. Alles darüber hinaus sei Luxus und davor solle man sich hüten.

Beide Söhne nickten zustimmend und sie kehrten mit dem reichen Fang zurück zum Rheinufer, um ihn zu verkaufen. Viele Jahre später, die beiden Fischersöhne waren längst erwachsen geworden, kam der Zeitpunkt, wo ihr Vater verstarb. Die beiden Söhne hatten bereits das Fischereigeschäft übernommen und wie die Fischergenerationen vor ihnen gut von dem Geschäft leben können.

Da kam eines Tages ein reicher Kaufmann aus Linz am Rhein zu den beiden Fischern und bot ihnen ein verlockendes Geschäft an. Sie sollten mehr Fische aus dem Rhein fangen und diese exklusiv an ihn verkaufen. Der Händler versprach den beiden eine reiche Entlohnung und schwärmte ihnen davon vor, dass die beiden Brüder sich mit diesem Verdienst ein Leben in Luxus gönnen könnten. Die beiden Brüder überlegten sich das Geschäft. Der eine Bruder war dagegen, doch der andere, der einst schon in jungen Jahren mehrfach das Netz zum Fischfang auswerfen wollte, ging auf das Angebot des Kaufmanns ein. Er fischte fortan in den reichen Fischgründen so oft wie es nur ging und holte tonnenweise Aale, Lachse und andere Fischsorten aus

dem Rhein und verdiente eine Menge Geld. Er baute für sich und seine Familie ein großes festes Haus am Rhein, stellte Fischer zum Fischfang ein und kaufte sich zwei große Fischerboote, um noch mehr Fische aus dem Rhein zu holen.
Sein Bruder sah mit Besorgnis diese Entwicklung und warnte ihn, dass dies auf Dauer nicht gut gehen werde. Er solle bedenken, was Vater ihnen einst gelehrt hatte. Doch das interessierte den anderen nicht.
Da ereignete es sich eines Tages, dass die Besatzungen der beiden Fischerboote ohne einen einzigen Fisch im Netz wieder ans Rheinufer zurückkamen. Der mittlerweile reiche Fischer tat dies als ein einmaliges Ereignis ab, doch auch an den folgenden Tagen und Wochen fingen die beiden Fischerboote nichts mehr. Die Fischgründe waren leer gefischt. Die Einnahmen durch den Fischfang blieben nun aus. Der einst reiche Fischer musste seine Leute entlassen und die Boote wieder verkaufen. Ebenso verlor er das große Haus, welches er für sich und seine Familie hat errichten lassen. Da kam sein Bruder zu ihm und sagte, dass er nun die gerechte Strafe für seinen Luxus und maßlosen Überschwang erhalten habe. Der einst reiche Fischer sah seinen Fehler ein und bereute ihn sehr. Seine Lebensgrundlage war verschwunden und er wusste nicht, was er tun sollte. Da hatte sein Bruder eine Idee. Er ließ mit dem letzten Geld der Familie von einem anderen Rheinfischer mehrere lebende Aale und Lachse fangen und setzte diese wieder an den einst fischreichen Gründen in den

Rheinabschnitten ihrer Vorväter aus. Es dauerte viele Jahre, bis die Fischpopulation wieder in dem Rheinabschnitt der beiden Brüder vorhanden war. Seit diesem Zeitpunkt beherzigten beide Brüder umso mehr die Lehren ihres Vaters beim Fischen und lebten ein Leben in Bescheidenheit.

Vom jungen Jäger und dem Freischützen in Rheinbreitbach

In dem Wald in Richtung Westerwald nahe des Weinortes Rheinbreitbach lebte einst ein sonderbarer Mann, den man den Freischützen nannte. Er war stattlich gebaut, hatte einen langen dunklen Bart, einen Hut mit grüner Feder und zerschlissene Kleidung. Allein lebte er in einer kleinen Waldhütte tief im Wald. Wenn er aus dem Haus ging, trug er immer eine Pistole bei sich. Wer ihn ansprach, bekam meistens keine Antwort. Manche behaupteten sogar, er könne nicht sprechen. Doch in Wirklichkeit wollte auch niemand mit ihm sprechen. Denn zahlreiche Gerüchte gingen über ihn im Ort Rheinbreitbach umher. Unter anderem, dass die Pistole, die er bei sich trug, mit silbernen Kugeln schoss und das Ziel niemals verfehlte. Da einige Rheinbreitbacher den Freischützen schon des Öfteren bei der Jagd haben schießen hören und er aus weiter Ferne ein Tier erlegen konnte, mieden die Dorfbewohner den Freischützen so gut es ging.

Eines Tages trug es sich jedoch zu, dass ein junger Jäger in Rheinbreitbach beim jährlichen Schützenfest auf dem Burgplatz ein wenig zu viel des guten rheinischen Weines trank. Nachdem ihm der Wein etwas zu Kopf gestiegen war, behauptete er vor allen Leuten, dass er der beste und mutigste Schütze nicht nur im Dorf, sondern der ganzen Region sei und forderte den Schützenkönig heraus. Der amtierende Schützenkönig von Rheinbreitbach gewährte ihm diese Gelegenheit, sodass beide auf einen hölzernen Vogel schossen. Doch der junge Jäger war schon so betrunken, dass er den Vogel nicht einmal annähernd traf. Die Schützengesellschaft lachte laut auf und erbost ging der junge Jäger vom Platz. „Ihr werdet noch sehen, dass ich der beste und mutigste Schütze bin!", brüllte er noch bevor er den Burgplatz verließ.

Als der junge Jäger sich etwas beruhigt hatte, kam ihm plötzlich eine Idee. Er erinnerte sich an die Geschichte des Freischützen und seinen silbernen Kugeln, die angeblich immer ihr Ziel treffen sollten. Noch vom Wein betrunken, begab er sich in den Wald, um die Hütte des Freischützen zu suchen. Er wollte ihm seine Pistole abnehmen, wenn dieser aus dem Hause gehen würde.

Wenige Stunden später hatte der junge Jäger die Hütte des Freischützen gefunden. Aus dem Kamin quollen dunkle Rauchwolken und durch das Fenster flackerte das Licht des Kaminfeuers auf. Der junge Jäger schlich sich leise an das Fenster heran. Er schaute hindurch und sah den Freischützen auf einem einfachen Bett liegen. Er schnarchte laut. Auf einem Stuhl hatte der Freischütz seinen Gürtel mit der Pistole und den silbernen Kugeln abgelegt.

Der junge Jäger konnte sein Glück kaum fassen. Leise öffnete er die Haustüre und schlich ins Innere des Hauses. Mit stetem Blick auf den schnarchenden Freischützen und leisen Schritten näherte er sich der Pistole mit den silbernen Kugeln. Doch als der junge Jäger die Pistole greifen wollte, erwachte plötzlich der Freischütz. Er setzte sich auf und starrte den jungen Jäger grimmig an. Der erschrak und war starr vor Angst.

„Wer bist du und was hast du mit meiner Pistole vor?" begann der Freischütz das Gespräch. Der junge Jäger wusste nicht recht, was er sagen sollte. Er stammelte ängstlich vor sich hin: „Äh. Ich bin ein junger Jäger aus Rheinbreitbach."

„Und was willst du mit meiner Pistole" fragte der Freischütz noch einmal nachdrücklich.

„Ich brauche deine Pistole mit den silbernen Kugeln, um beim Wettschießen zu gewinnen.", antwortete der Jäger wahrheitsgemäß.

„Und warum kannst du nicht mit einer anderen Pistole gewinnen?

„Weil..." der junge Jäger stockte, „weil ich eigentlich nicht schießen kann. Dennoch habe ich behauptet, dass ich der beste und mutigste Schütze nicht nur von Rheinbreitbach, sondern in der ganzen Region bin. Beim Wettschießen habe ich mich dann blamiert."

Der junge Jäger ließ den Kopf hängen und eine Träne rollte ihm die Wange herunter. Noch nie war er in seinem Leben so ehrlich gewesen. Bis jetzt hatte er immer nur versucht mit Prahlerei durchs Leben zu kommen. Doch in Anwesenheit des Freischützen konnte er nur noch die Wahrheit aussprechen.

Der Freischütz beobachtete den jungen Jäger und seine Situation rührte ihn. Einen kurzen Augenblick überlegte er, ob er ihm die Pistole überlassen sollte. Doch dann hatte er eine bessere Idee. Er sagte dem jungen Jäger, dass er zu seiner Prahlerei stehen und den anderen Schützen dies auch sagen müsse. Der junge Jäger erschrak zuerst und wurde panisch. Doch der Freischütz erwiderte, dass er mit ihm gehen werde, und so begaben sich der Freischütz und der junge Jäger auf den Schützenplatz auf dem Burgplatz in Rheinbreitbach. Als der Freischütz mit dem jungen Jäger durch das Burgtor kam, ging ein Gemurmel durch die Menge. Einige sprangen von ihren Sitzbänken auf und verließen fluchtartig den Platz. Doch der Freischütz schaute in die Menge und sagte, dass der junge Jäger etwas zu erklären habe. Dieser stand mit ernster Miene neben ihm und erklärte vor versammelter Mannschaft, dass der Wein ihm zu Kopf gestiegen sei und er aus Neid auf den Schützenkönig herumgeprahlt habe. Auch sei er kein besonders guter Schütze, überhaupt nicht mutig und würde die Schützengesellschaft um Verzeihung bitten. Die Schützen schauten sich gegenseitig kurz an. Dann stand der Schützenkönig auf, ging zu dem jungen Jäger und klopfte ihm auf die Schulter: „Du magst zwar nicht besonders gut schießen, aber dass du der mutigste Schütze von uns bist, dass hast du gerade bewiesen. Ich kenne keinen Mann, der freiwillig zum Freischützen geht, mit diesem auf unser Schützenfest zurückkehrt und dann vor versammelter Mannschaft erklärt, dass er nicht schießen kann."

Nach diesen Worten applaudierten die Schützen und riefen ein lautes „Horridoh!" aus.

Als der Freischütz gesehen hatte, dass der junge Jäger zu sich selbst gestanden und seinen Neid überwunden hatte, wollte er gehen. Doch der Schützenkönig sprach ihn an, ob er nicht bleiben wolle. Doch der Freischütz antwortete nur, dass seine Aufgabe hier nun erfüllt sei.

Vom kaltherzigen Herrn von Berg

Vor vielen Jahren existierte einst zwischen Rheinbreitbach und Scheuren eine kleine Burg mit Namen Berg. Dort lebte mit seinem Gefolge ein kaltherziger und böser Burgherr. Zusammen mit seinen Soldaten plünderte er in der Umgebung die Bauernhäuser aus und nahm den Bauern in seinem Gebiet sämtliche Vorräte an Getreide und Brot weg. Dies führte in seinem

Herrschaftsgebiet immer wieder zu schweren Hungersnöten, sodass die Bauern zu ihm in die Burg kamen und bettelten, ob sie nicht von den Lebensmitteln wieder etwas haben könnten, welche ihr Lehnsherr ihnen vorher genommen hatte. Doch der Herr von Berg lachte nur lauthals und ließ die Bittsteller aus der Burg werfen. Doch sein Herz war so bösartig, dass es ihm nicht reichte, dass die Leute in seinem Herrschaftsgebiet verhungerten. Daher schmiedete er einen Plan. Er ließ von seinem Burgpersonal aus dem überschüssigen Mehl in der Burg große Brotkegel backen. Gleichzeitig ließ er in seiner Herrschaft verkünden, dass er ein großes Fest veranstalten werde, wo alle so viel Brot zu sehen bekommen würden, wie sie es noch nie gesehen hätten. Als der Festtag gekommen war, strömten die hungernden Bauern in die Burg Berg und warteten gespannt, was passieren würde. Der Herr von Berg ließ im Burghof die großen Brotkegel aufstellen und begann nun unter den Augen der Bauern mit einer großen Steinkugel die aufgestellten Brotkegel umzuwerfen. Hierbei zerbrachen immer wieder die Brotkegel in einzelne Stücke, die er dann durch neue Kegel ersetzen ließ. Die umherfliegenden Burgraben fraßen die Brotkrummen gierig auf. Die hungernden Bauern hingegen konnten nur tatenlos zusehen. Aber niemand wagte es gegen diese Verschwendung etwas zu sagen.

Da trat auf einen Krückstock gestützt ein alter Mann aus der Menge. Er ging auf den Herren von Berg zu und sprach: „Herr von Berg, halte ein mit deiner Verschwendung. Diese Menschen und auch ich leiden Hunger. Gib uns von deinem Reichtum etwas ab und Gott wird es dir bei all deinen bösen Taten hoch anrechnen!"

Der Herr von Berg lachte darauf nur aus tiefster Kehle. „Was willst du alter Mann mir eigentlich befehlen! Ich kann dich und auch die anderen Leute mit einem Fingerschnips verhaften und einkerkern lassen."

Der alte Mann überlegte kurz und antwortete: „Lass mir dir einen Vorschlag machen. Wir beide spielen beim Kegeln um das restliche Brot in deinen Vorratskammern. Wenn ich gewinne, bekommen wir das Brot. Wenn du gewinnst, werden wir gehen und nie wieder kommen."

Der Herr von Berg lachte wieder lauthals. Auch, wenn er keinen besonders großen Gewinn zu erwarten hatte, so gefiel ihm doch der Gedanke, dass der alte Mann mit ihm um das restliche Brot spielen würde. Darum ging er auf den Vorschlag ein und schwor bei Gott, dass er sein Versprechen einhalten werde, das restliche Brot unter den Menschen aufzuteilen.

Der alte Mann und der Herr von Breitbach kegelten um die Wette und wie es der Zufall mochte, konnte der alte Mann mit ein wenig Glück mehr Brotkegel umstoßen als der Herr von Berg. Dieser redete sich sofort in Rage und behauptete, dass der alte Mann geschummelt hätte und er niemals das restliche Brot aus seinen Kammern den Menschen geben würde.

„Du hast es geschworen. Dafür wird dich der Herrgott strafen!", rief der alte Mann.

In diesem Augenblick begann die Erde zu beben. Die Menschen gerieten in Panik und stürmten aus dem Burgtor hinaus auf die umliegenden Felder. Selbst die Burgbewohner flüchteten aus der bebenden Burg. Nur der Herr von Berg blieb auf dem Burgplatz und sah mit Besorgnis wie das Beben der Erde immer heftiger wurde. Risse und Erdspalten bildeten sich an und um die Burg herum. Mit einem Mal tat sich die Erde auf und die Burg Berg mitsamt dem Burgherrn versank in einer riesigen Erdspalte und ward nie wieder gesehen.

Über den richtigen Obstbaumschnitt

Einst hatten an der Gebietsgrenze von Unkel und Rheinbreitbach zwei einfache Kleinbauern jeweils einen Obstbaumgarten. Der eine Kleinbauer hatte sein Grundstück auf Unkeler Gebiet und der andere besaß ein Grundstück auf Rheinbreitbacher Gebiet. Dennoch lagen beide Grundstücke direkt nebeneinander. Gemeinsam war beiden, dass sie die gepflanzten Obstbäume innig liebten und pflegten. Beide waren zudem darauf erpicht, eine gute Ernte einzufahren. Denn die Obstgärten waren für beide Männer eine wichtige Versorgungsquelle für ihre Familien.

Eines Tages, der späte Frühling war schon angebrochen und die Ernte eingefahren, begann der Rheinbreitbacher

Kleinbauer seine Obstbäume zu beschneiden. Sein Ziel war es im kommenden Frühling eine reiche Blüte und somit eine bessere Ernte einzufahren. Hierfür hatte er sich bei dem Rheinbreitbacher Gärtner Albert Abendroth schlau gemacht, der ihm eine neue und unkonventionelle Schnitttechnik empfahl.

Als der Unkeler Kleinbauer das sah, schüttelte dieser nur den Kopf. Er sprach zu seinem Gartennachbarn, dass er diese Schnitttechnik noch nie gesehen hätte und er damit sicherlich den Obstbaum ruinieren würde. Der Rheinbreitbacher Kleinbauer schüttelte nur mit dem Kopf und erklärte, dass diese neue Schnittweise eine noch bessere Ernte bringen würde. Diese Meinung konnte der Unkeler Kleinbauer nicht akzeptieren und argumentierte, dass die traditionelle Schnittweise schon seit Jahrhunderten die Richtige sei und immer gute Ergebnisse erbracht habe. Somit entwickelte sich ein Streit, in dem der eine Kleinbauer dem anderen Kleinbauern vorschreiben wollte, wie er seine Obstbäume zu beschneiden habe. Somit beschnitten beide Kleinbauern auf unterschiedliche Art und Weise ihre Obstbäume und redeten den ganzen Sommer, Herbst und Winter kein Wort mehr miteinander. Im Geheimen schimpften sie übereinander und kritisierten die Verbohrtheit des anderen.
Nach dem Winter folgte der Frühling und die

unterschiedlich beschnittenen Obstbäume beider Kleinbauern blühten in voller Pracht. Als die Erntezeit dann kam, waren beide Kleinbauern der Überzeugung, dass sie mit ihrem Baumbeschnitt die größere Ernte einfahren würden. Die Körbe beider Kleinbauern füllten sich mit Obst und als es Abend wurde, war die Ernte vollbracht. Neugierig auf des anderen Ernte schauten beide stumm auf die gefüllten Körbe, die jeweils auf dem anderen Grundstück standen. Zuerst siegessicher, dann erstaunt, zählten sie die Körbe des jeweils anderen und stellten fest, dass beide Kleinbauern gleich viele Körbe mit Obst gefüllt hatten. Verwundert über dieses Ergebnis schauten sich die beiden Kleinbauern eine Weile beschämt an. Doch plötzlich überkam beide ein heftiger Lachanfall. Sie lagen sich in den Armen und stellten gemeinsam fest, dass offenbar beide Schnitttechniken gleich gut sind. Beide Kleinbauern erkannten, dass Menschen auch gleichzeitig Recht haben können, obwohl man unterschiedlicher Meinung ist.

Über die Liebe Gottes (historisch)

Einst lebte in dem kleinen Wallfahrtsort Bruchhausen im rheinischen Westerwald ein Ehepaar. Ihr ganzer Stolz war ihre kleine Tochter Helene. Besonders die Mutter liebte ihr kleines Töchterlein, weil es ein braves und liebevolles Mädchen war. Der Vater der kleinen Helene arbeitete in einem der Steinbrüche in Asbach, sodass er früh aus dem Haus gehen musste und erst spät am Abend wieder kam.

Die meiste Zeit waren seine Ehefrau und seine kleine Tochter Helene allein zu Hause. Das machte den beiden jedoch nichts aus, da sie beide nicht allein waren. Helene war zudem ein sehr neugieriges Kind und liebte es Dinge in ihrem weißen Kleidchen zu erkunden. Besonders Tiere hatten es ihr angetan. Von ihren Entdeckungen erzählte Helene regelmäßig ihrer Mutter, die sich über die Entwicklung und die Neugierde ihres Kindes freute und Helene freute sich die Welt zu erkunden. Eines Tages geschah es, dass Helenes Mutter das Haus verließ. Eine Nachbarin hatte sie um Hilfe gebeten und da Helenes Mutter eine hilfsbereite Frau war, tat sie es, ohne zu zögern. Da sie der kleinen und braven Helene vertraute, ließ sie die kleine Tochter guten Gewissens allein im Haus zurück. Die Mutter dachte, dass sie schnell wieder zurück sein werde. Doch nachdem die Mutter eine Weile fort war, überkam die kleine Helene die Langeweile. Ihre Mutter war zum Zeitpunkt des Fortgehens gerade dabei gewesen das Mittagessen vorzubereiten und auf dem Herd standen bereits zwei Töpfe. Neugierig zu wissen, was es heute zu essen geben würde, ging Helene in die Küche und versuchte dort hineinzuschauen. Doch ihre Beinchen und Ärmchen in dem weißen Kleidchen waren zu kurz, sodass sie nicht an die Töpfe herankommen konnte. Somit versuchte sie am Herd emporzuklettern, was ihr auch gelang. Doch plötzlich tat sich die Feuerluke des Ofens auf und das Kleidchen des Mädchens fing Feuer. Bald brannte Helene am ganzen Körper und schrie laut um Hilfe. Die

Mutter, die bereits auf dem Rückweg von der Nachbarin war, hörte sie schreien und eilte ihr zur Hilfe. Verzweifelt versuchte sie die Flammen zu löschen, was ihr jedoch erst nach einiger Zeit gelang. Doch die kleine Helene rührte sich nicht mehr. Voller Trauer sank die Mutter neben dem leblosen Körper ihrer Tochter zusammen und weinte bitterlich. Erst am Abend wurde sie von ihrem Ehemann gefunden, der seine Frau mit dem Leichnam seiner kleinen Tochter in den Armen am Boden liegen sah. Als sich die Nachricht vom Tod der kleinen Helene im Dorf verbreitete, war das Mitgefühl über diesen schlimmen Unfall sehr groß. An der Beerdigung der kleinen Helene nahm das gesamte Dorf teil. Besonders weinte die Mutter, weil sie sich die Schuld an diesem Unglück gab. Die Menschen und auch der Pfarrer versuchten sie zu trösten, doch niemandem gelang es ihre Schuldgefühle und ihre Trauer zu lindern. Somit verkroch sich Helenes Mutter in ihrem Haus und wurde von Tag zu Tag trauriger und sprach mit niemandem ein Wort. Selbst mit ihrem Ehemann wechselte sie kaum mehr eine Silbe. Sie fragte sich, warum Gott so etwas zulassen konnte und als sie keine Antwort darauf fand, wuchs ihre Verbitterung über das Leben unaufhaltsam immer weiter. In großer Verzweiflung wendete sich ihr Ehemann an den Pfarrer, doch dieser wusste auch nicht recht, was er tun sollte. Er konnte nur den Rat geben, dass Gottes Liebe wieder ihr Herz erreichen müsse.

Da geschah es eines Tages, dass Helenes Mutter zum Wasser holen an den Marktbrunnen ging. Mit finsterer und verbitterter Miene füllte sie ihren Wassertrog. Da hörte sie hinter sich ein leises Fiepen. Sie drehte sich um, sah jedoch niemanden hinter sich. Erst als sie ein weiteres Fiepen hörte, schaute sie zu Boden und sah einen hilflosen kleinen Hundewelpen. Er war dreckig und zerzaust und schaute sie mit großen runden Knopfaugen an. Mit harscher Stimme deutete sie dem Hundewelpen an, wegzugehen. Sie nahm ihren Wassertrog und ging zu ihrem Haus zurück. Doch der Welpe ließ sich nicht beirren. Er folgte Helenes Mutter bis zu ihrer Haustüre und fiepte immer wieder. Helenes Mutter wollte zuerst böse werden, doch irgendwie berührte das kleine hilflose Wesen ihr Herz im tiefsten Grunde. Sie erinnerte sich zudem daran, wie gerne die kleine Helene Tiere gehabt hatte. Somit ließ sie den kleinen Hund in ihr Haus und gab ihm zu fressen und zu trinken. Voller Dankbarkeit wedelte dieser mit dem Schwanz und leckte ihr das Gesicht ab. In diesem Augenblick zerbrach ihre Trauer und sie lachte das erste Mal seit langem wieder. Sie wusch den kleinen Welpen und begann an den darauffolgenden Tagen und Wochen langsam wieder an die schönen Dinge im Leben und an die Liebe zu glauben. Sie akzeptierte, dass nicht sie Schuld an dem Tode Helenes hatte, sondern dass es sich um einen schlimmen Unfall gehandelt hatte. Diese Entwicklung freute nicht nur den Ehemann von Helenes Mutter, sondern das ganze Dorf und der Pfarrer des Ortes waren sich sicher, dass die Liebe und die Hilfe Gottes auf unterschiedlichen Wegen zu uns gelangt.

Vom tapferen Rheinbreitbacher Schuster (historisch)

In den 1930er Jahren lebte in Rheinbreitbach eine 45-jährige Mutter mit ihrem 25-jährigen Sohn. Der Sohn war Arbeiter in einem nahegelegenen Steinbruch und ein kräftiger und großer Kerl. Sein Vater, ein ehemaliger Eisenbahnbeamter, war vor vielen Jahren bereits gestorben. Seine Erziehung gegenüber seinem Sohn war immer hart und gefühlskalt gewesen. Schläge und Erniedrigungen gehörten zur alltäglichen Kinderstube seines Sohnes. Seine Frau behandelte er ebenso schlecht wie seinen Sohn. Sie gehorchte ihrem Mann jedoch bedingungslos und akzeptierte die drakonischen Strafmaßnahmen ihres Mannes gegenüber dem gemeinsamen Sohn. Der Sohn fühlte sich hierdurch allein gelassen und mit jeder Prügelstrafe, die er einsteckte, wuchs seine Wut und Aggression gegen seinen Vater und auch gegen seine Mutter, die täglich diese Qualen zuließ. Er prügelte sich daher unentwegt mit Mitschülern in der Schule und versuchte bei anderen Menschen Macht und Stärke zu demonstrieren. Doch im Inneren war er hilflos und klein. Als sein Vater verstarb, endete sein Martyrium, doch sah der Sohn sich nun als der Herr im Haus. Regelmäßig verdrosch er seine Mutter, wenn diese nicht das tat, was er wollte. Die Menschen in Rheinbreitbach wussten, wie aggressiv der Sohn war und fürchteten sich

vor   ihm.
Eines Tages kam es jedoch dazu, dass ein einheimischer
Soldat mitbekam, wie der Sohn seine Mutter auf offener
Straße schlug. Selbstbewusst und von seinen eigenen
Kräften überzeugt, mischte er sich trotz Warnungen aus
der Bevölkerung in die Angelegenheit von Mutter und
Sohn   ein.
Er ermahnte den Sohn, dass er seine Mutter in Ruhe
lassen solle, sonst bekäme er es mit ihm zu tun. Der Sohn
fühlte sich von dieser Aussage provoziert und baute sich
vor dem Soldaten auf. Er erwiderte ihm, sich schnell zu
verziehen, sonst würde er eine Tracht Prügel beziehen,
die er sein Lebtag nicht mehr vergessen würde. Der
Soldat lachte nur laut, wodurch sich der Sohn nur noch
mehr provoziert fühlte und wild begann, auf den Soldaten
einzudreschen. Der ging von den harten Schlägen zu
Boden und versuchte sich verzweifelt mit eigenen
Faustschlägen zu wehren. Eine wilde Schlägerei entstand,
an dessen Ende der Soldat schwer verletzt und blutend
am Boden lag. Sein mutiges Eintreten für die Mutter
endete in körperlichen und seelischen Schäden. In der
Bevölkerung bestätigte sich nur noch mehr der Eindruck,
dass man gegen den brutalen Sohn nichts machen könne.
Auch als die Polizei den Vorfall untersuchte, war aus
Angst niemand bereit eine Zeugenaussage zu machen.
Der Polizei waren somit die Hände gebunden und sie
konnten den aggressiven Sohn nicht verhaften.
Einem Schuster missfiel diese Situation sehr. Seiner
Meinung nach sollte kein Mensch in Angst leben. Doch er

war ein kleiner Mann, der nicht sehr stark war. Doch seine Stärke lag im Geiste. Somit überlegte er, wie er der armen Mutter helfen könne und nach einiger Zeit hatte er einen Plan entwickelt. Er wusste, dass Mutter und Sohn regelmäßig sonntags zum Kirchgang gingen. Hierbei kam es öfters vor, dass der Sohn auf dem Hinweg seine Mutter schlug, weil er meinte, dass diese zu spät aus dem Hause gehen würde, um rechtzeitig in der Kirche zu sein. Der schlaue Schuster stellte sich daher auf den Kirchplatz und erwartete Mutter und Sohn dort. Vorab hatte er mehrere Polizisten und befreundete Bauern in den umliegenden Häusern platziert, um den Sohn festzunehmen. Von weitem hörte er das Geschimpfe des Sohnes mit seiner Mutter und als sie zu zweit auf dem Kirchplatz ankamen, sah er mehrfach, wie der Sohn seiner Mutter an den Kopf schlug. Bestimmt stellte er sich den beiden in den Weg, sodass er die Aufmerksamkeit des Sohnes auf sich zog. Provokant sagte er zum Schuster, dass dieser ihm aus dem Weg gehen solle, sonst würde er ihm eine scheppern. Der Schuster blieb jedoch ruhig stehen, ignorierte den Sohn und forderte die Mutter ruhig auf, mit ihm zukommen. Dies missfiel dem Sohn und er fuhr seine Mutter harsch an, dass sie gefälligst bei ihm bleiben solle. Der Schuster, der die Mutter als Kundin kannte, sprach noch einmal mit ruhiger Stimme zu ihr, dass sie zu ihm kommen solle und sie nichts zu befürchten habe. Obwohl große Zweifel und Angst in der Mutter waren, ging von der Stimme des Schusters eine Ruhe und Vertrauenswürdigkeit aus, sodass sie sich in Richtung des

Schusters in Bewegung setzte. Doch das missfiel ihrem Sohn, er erhob die Hand und schlug seine Mutter so heftig, dass sie auf die Pflastersteine flog. Dies sahen die Polizisten und Bauern in den umliegenden Gebäuden und stürmten in einer gewaltigen Traube auf den Schläger ein. Der Sohn war von der Menschenmasse so überrascht, dass er gar nicht wusste, was geschah. Wehrlos überwältigten ihn die Polizisten und warfen ihn zu Boden. Endlich hatten sie den Sohn auf frischer Tat ertappt. Der Schneider half der immer noch am Boden liegenden Mutter auf und führte die mittlerweile weinende Frau vom Kirchplatz weg. Erst als ihr immer noch überraschter Sohn abgeführt wurde, erkannte sie, dass ihr Leiden vorbei war. Nun trauten sich auch die restlichen Rheinbreitbacher gegen ihren Sohn wegen anderer Schlägereien und Misshandlungen auszusagen und ihr Sohn wurde wegen mehrfacher körperlicher Misshandlung der Mutter und anderer Personen verurteilt. Seitdem wussten die Menschen in Rheinbreitbach, dass Einfallsreichtum und Zusammenhalt jeglicher körperlichen Gewalt überlegen ist.

Wie die Pest nach Rheinbreitbach kam

Im Mittelalter lebte einst ein reicher Bauer in Rheinbreitbach. Er hatte sein ganzes Leben lang hart gearbeitet und genoss seit einigen Jahren seinen Ruhestand. Als einer der wenigen Menschen im Mittelalter konnte er es sich leisten, mit einem kleinen

Pferdekarren auf Reisen zu gehen. Gerne besuchte er die Städte Bonn, Köln und Koblenz. Aber auch weiter entfernte Städte wie Mainz oder Trier standen auf seinem Reiseplan. Er liebte es, in den Wirts- und Gasthäusern Einkehr zu halten. In den Städten kostete er edlen Wein, die vorzüglichsten Speisen und umgab sich mit hübschen Frauen, die ihm Gesellschaft leisteten. Sein Leben im Ruhestand war eine Geselligkeit nach der anderen, während die anderen Menschen nicht nur in Rheinbreitbach hart für ihr Überleben arbeiten mussten. Als der alte reiche Bauersmann wieder einmal in Rheinbreitbach weilte, verbreitete sich an einem Mittwochmorgen die Nachricht, dass eine unheimliche Krankheit das Land heimsuchen würde. Sie würde schwarze Beulen und eitrige Flüssigkeiten verursachen und letztlich zu einem qualvollen Tod führen. Die Pest grassierte im Land. Die einfachen Menschen in Rheinbreitbach bekamen es nun mit der Angst zu tun und man einigte sich darauf, dass niemand mehr das Dorf verlassen solle. Auch fremden Menschen solle der Eintritt nur in Ausnahmen gewährt werden. Als der alte Bauersmann dies hörte, wurde er zornig und sagte, dass er auf seinen Reisen eine solche Krankheit noch nie gesehen hätte und diese sicherlich nur eine Erfindung sei, um die Menschen in Angst und Schrecken zu versetzen. Er werde auf seine geselligen Reisen nicht verzichten. Schließlich habe er sein ganzes Leben hart gearbeitet und wolle nun das ihm noch verbleibende Leben genießen. Die anderen Menschen hätten schließlich ihr Leben noch vor sich. Mit dieser Einstellung verließ er Rheinbreitbach mit seinem Pferdekarren, um in Köln in verschiedenen Wirts- und Gasthäusern sein Leben zu genießen. Nach dem dritten Tage in Köln ging jedoch eine bittere Nachricht durch die Stadt. Bei mehreren Menschen sei die Pest festgestellt worden. Diese hatten in verschiedenen Gasthäusern Einkehr gehalten unter anderem auch jenem, in welchem der alte Bauersmann aus Rheinbreitbach gefeiert hatte. Die Stadttore sollten nun geschlossen werden und zahlreiche Menschen verließen die Stadt. Von Nervosität und Angst getrieben, setzte sich der alte Bauersmann auf seinen Pferdekarren und fuhr zurück nach Rheinbreitbach. Mit dem Gefühl ankommend nun in Sicherheit zu sein, wies er die jungen Knechte an, sein Pferd zu versorgen und legte sich zum Schlafen in sein Bett. Doch am nächsten Morgen fühlte er sich nicht gut und sein Gesundheitszustand verschlechterte sich. Schwarze Beulen bildeten sich im Gesicht und an den Gliedmaßen. Es war nicht zu übersehen. Den alten Bauersmann hatte die Pest ereilt. Schnell verbreitete sich die Nachricht von seiner Krankheit im ganzen Ort. Panik brach aus und die Menschen gingen so wenig wie möglich vor die Haustüre. Niemand traute sich zu dem alten Bauersmann, um ihn zu pflegen oder gar etwas zu Essen zu bringen. Zu groß war die Angst sich dort anzustecken. Zudem sagten die Leute, dass der alte Bauer selbst schuld an seinem Schicksal sei. Doch über die jungen Knechte des alten Bauern hatte sich die Pest bereits in Rheinbreitbach verbreitet. Viele junge Menschen und Kinder erkrankten und lagen siechend in ihren Betten. Ein Pfarrer spendete unter größter Vorsicht unentwegt die letzte Ölung, bevor er selbst an der Pest erkrankte. Währenddessen erholte sich wie durch ein Wunder der alte Bauer. Irgendwie hatte es sein alter Körper geschafft die Krankheit zu überstehen. Als er genesen war, hörte er wie viele Menschen im Ort an der Pest erkrankt waren. Jeden Tag starben mehr Menschen in Rheinbreitbach, auch jüngere Menschen und Kinder. Voller Scham erinnerte sich der alte Bauer daran, was er einst über die jungen Menschen gesagt hatte und wie egoistisch seine Reise nach Köln gewesen war. So gut es ging, kümmerte er sich um die Kranken und Sterbenden und bereute bis zu seinem Lebensende, was er getan und gedacht hatte.

Lehrer Heinemann und das erhängte Winzermädchen

Es geschah zu Zeiten des Kaiserreichs in dem kleinen Weinort Erpel, dass dort ein junger Lehrer namens Heinemann lebte. Heinemann arbeitete an der örtlichen Volksschule und war ein gutaussehender und gebildeter Mann. Auch bei den Kindern und den Erwachsenen des Ortes war er geachtet und respektiert. Auch bei den jungen Damen des Ortes war er sehr beliebt, denn er war noch Junggeselle. Zahlreiche junge Mädchen buhlten daher um seine Aufmerksamkeit. Doch insgeheim hatte Lehrer Heinemann bereits seine große Liebe gefunden.

Eine Winzertochter namens Friederike hatte es ihm angetan. Heimlich trafen sie sich nachts außerhalb von Erpel und gingen unentdeckt im Mondschein spazieren. Niemand sollte wissen, dass ihre beiden Herzen füreinander schlugen. Denn es wäre für den angesehenen Lehrer Heinemann sehr unschicklich gewesen sich so offen mit seiner Geliebten unverheiratet zu zeigen. Denn zu dieser Zeit war es verboten seine Liebe offen auf der Straße in Form von Küssen oder anderen Liebkosungen zu zeigen oder seine sexuelle Begierde unverheiratet auszuleben.

Doch die Erpeler Bürger waren nicht dumm. Sie bemerkten die Blicke und den Umgang der beiden Verliebten miteinander und bald ging das Gerücht herum, dass beide ein Paar seien. Die Bürger sahen es entgegen allen Befürchtungen sogar mit einem Wohlwollen. Selbst der Pfarrer freute sich über das verliebte Paar und verurteilte sie nicht wegen ihrer heimlichen Liebe.

Eines Tages, der Winter war in Erpel schon eingekehrt, breitete sich jedoch im Ort eine schreckliche Nachricht aus. Am Ortsrand, dort, wo der Wald begann, hatte am Morgen ein Jäger ein gehängtes Mädchen gefunden. Im Morgenwind baumelnd wiegte der Körper sich hin und her. Es war der leblose Körper des Erpeler Winzermädchens Friederike. Entsetzt wurden in der Bevölkerung zahlreiche Spekulationen angestellt. Theorien zu einem Selbstmord wurden gesponnen. Angeblich hätte sich Lehrer Heinemann von ihr getrennt. Da kamen Geschichtchen und Anekdoten zu Tage, dass

Friederike sich nicht wie sonst verhalten habe und bei Nachfragen komisch gewesen sei. Schnell hieß es, dass Lehrer Heinemann der armen Friederike mit einem anderen Mädchen das Herz gebrochen habe, so dass sich das junge Mädchen aus Liebeskummer am Baum aufgehangen habe. Die Polizei stellte jedoch fest, dass es sich nicht um einen Selbstmord handeln konnte und so spekulierten die Erpeler weiter, dass Heinemann das Mädchen verschwinden lassen haben wolle. Der Grund sei gewesen, dass Friederike ihn heiraten wollte, Lehrer Heinemann ihr dies jedoch versagte. Als sie dann damit drohte, die Beziehung, auch mit all den Unsittlichkeiten, die sie begangen hatten, öffentlich zu machen, hatte Heinemann Angst seinen guten Ruf zu verlieren und brachte   sie   um. Als Folge dieser Mutmaßungen mieden die Erpeler den Lehrer immer mehr, was diesen emotional schwer belastete. Die ganze Rederei nahm solche Ausmaße an, dass die Polizei aus Linz ihn für ein Verhör des Falls verhaften ließ. Dies feuerte die Menschenmenge nur noch mehr an und sie fühlten sich in ihren Vermutungen bestätigt. Lediglich der Dorfpfarrer ermahnte die Menschen immer wieder zur Mäßigung. Er besuchte den Lehrer bei der Polizei und setzte sich für ihn ein. Als Heinemann nach der Untersuchung wieder auf freien Fuß gesetzt wurde, war die Empörung in der Bevölkerung riesengroß. Wie konnte das geschehen! Doch die Empörung sollte nicht von langer Dauer sein. Ein Aufgebot von Polizisten verhaftete wenige Stunden später den örtlichen Gastwirt. Er war einer derjenigen gewesen, die die Gerüchte am meisten angetrieben hatte. Wenige Stunden später gestand er, dass er die junge Friederike ermordet hätte. Er und Friederike seien bei einer Festlichkeit betrunken intim geworden. Durch die darauffolgende Schwangerschaft Friederikes befürchtete der verheiratete Gastwirt, dass sein Seitensprung auffallen würde. Er wusste jedoch nicht, dass Friederike gegenüber ihrem Geliebten ein schlechtes Gewissen gehabt habe und deshalb den örtlichen Pfarrer um einen Rat in dieser Situation bat. Daraufhin erzählte sie dem Lehrer Heinemann von ihrer Schwangerschaft, der sogar bereit gewesen war, Friederike trotz des Seitensprungs zu heiraten. Als die Erpeler Bürger davon erfuhren, verschlug es ihnen aus Scham die Sprache. Enttäuscht ließ sich Lehrer Heinemann an eine andere Schule im Westerwald versetzen, wo er bis zu seinem Tode glücklich lebte. Den Erpeler Bürgern war dieses Ereignis jedoch eine Lehre niemals voreilige Schlüsse zu ziehen.

Über Flucht und Vertreibung (historisch)

Es war in den Jahren nach dem 2. Weltkrieg. Deutschland lag in Schutt und Asche. Schon während des Krieges kamen riesige Flüchtlingsströme aus dem Osten in westliche Richtung. In den Kriegswirren und der eisigen Kälte, nur mit ein paar Habseligkeiten bepackt, ließen sie in langen Fußmärschen hunderte von Kilometern hinter sich, um vor den Russen in sichere westliche Gebiete zu gelangen. In ganz Deutschland kamen diese Flüchtlinge bei Verwandten unter oder wurden vom Staat einer bewohnten Wohnung zwangszugeteilt. In der Regel wollte jedoch niemand diese Flüchtlinge haben. Sie besaßen nichts, waren heruntergekommen, machten nur Arbeit und hatten teilweise andere Bräuche und Sitten, obwohl sie genauso Deutsche waren wie alle anderen auch. Auch in Rheinbreitbach ließen sich Flüchtlinge aus dem Osten nieder. Nach dem 2. Weltkrieg hausten sie im ehemaligen Gesindehaus von Rheinbreitbach direkt an der Unteren Burg. Zeitweise wurden dort mehrere Familien mit ihren Kindern untergebracht. Sie lebten dort in primitivsten Verhältnissen und die Menschen in Rheinbreitbach verachteten sie. Die Flüchtlingskinder hatten durch den Krieg gelernt, dass das Leben ihnen nichts schenken würde und man sich um das eigene Überleben zu sichern, sich Dinge manchmal einfach nehmen musste. Konkret bedeutete dies Essen zu stehlen, wenn es mit betteln nicht ging. Denn gerade die Flüchtlingskinder und deren Familien hatten nicht wie viele Rheinbreitbacher ein eigenes kleines Gartengrundstück, um dort etwas Essbares anzubauen. Um nicht zu verhungern, bestahlen die Kinder die Rheinbreitbacher im Ort, doch auch diese hatten in diesen schwierigen Zeiten nichts zu verschenken. Schimpftiraden über das ehrlose Flüchtlingspack wurden somit immer lauter. Andere wollten die Menschen aus dem Ort vertreiben. Ihr Argument war, dass die

Flüchtlinge eine Gefahr für den Ort darstellten, Krankheiten einschleppten und gewissenlos waren. Zudem passten sie von ihrer Art nicht in das kleine rheinische Winzerdorf Rheinbreitbach. Das Heimatgefühl sei erheblich gestört. Auf der anderen Seite fühlten sich die Flüchtlingsfamilien im Stich gelassen und trauerten ihrer alten Heimat nach. Somit verhärteten sich die Fronten zwischen den Flüchtlingen und den Rheinbreitbachern zunehmend, ohne dass diese miteinander geredet hätten. Lediglich in der Schule, in die alle Kinder gehen mussten, trafen die beiden Welten noch einmal aufeinander. Obwohl die Eltern ihren Kindern verboten hatten, mit den Flüchtlingskindern zu spielen oder sich mit ihnen gar anzufreunden, merkten die Kinder untereinander sehr schnell, dass die Welt, in welcher sie lebten, eine ähnliche war. Die Rheinbreitbacher Kinder erfuhren, dass die Flüchtlingskinder und deren Familien Hunger litten. Sie verstanden als Erste, dass die Diebstähle nur aus der Not geboren seien und die Flüchtlinge keinesfalls böse waren, sondern sich nach ihrer alten Heimat sehnten, die jedoch mittlerweile nicht mehr zu Deutschland gehörte. Einzelne Kinder erzählten zu Hause von dieser Situation und es kam dazu, dass sich das Gewissen mancher Elternteile meldete. Ihr Verständnis für die Situation der Flüchtlinge wuchs zunehmend, sodass einige Rheinbreitbacher von dem wenigen, was sie selbst hatten, etwas abgaben. Die Sympathie zwischen einzelnen Rheinbreitbachern und den Flüchtlingsfamilien wuchs hierdurch und die geflüchteten Menschen waren diesen gütigen Menschen zutiefst dankbar. Andere Rheinbreitbacher hingegen hielten die Mildtätigen, die den Flüchtlingen halfen für naiv und dumm. Sie waren überzeugt, dass die Geflüchteten hier niemals heimisch werden würden und man auch sonst nichts von ihnen zu erwarten habe. Eines Tages kam es im Orte dazu, dass die Rheinbreitbacher wieder begannen ihre teilweise zerstörten Häuser wieder aufzubauen. Darunter waren auch Familien, die den Geflüchteten von ihren kargen Vorräten etwas Essbares abgegeben hatten. Als die Geflüchteten sahen, dass ihre Wohltäter ihre Häuser reparierten, halfen sie aus Dankbarkeit mit. Ungewollt straften sie damit jene Lügen, die einst gesagt hatten, dass die Flüchtlinge nur Ballast seien. Denn durch dieses gegenseitige Nehmen und Geben entstand eine neue Dorfgemeinschaft, in welcher Geflüchtete und Einheimische friedvoll zusammenlebten und in welcher es keine Ablehnung mehr gab.

Geld ist Macht und Macht ist Geld?
In der Frankfurter Straße in Unkel lebte in den 1920er Jahren einst ein reicher Kaufmann in einer luxuriösen Villa mit seiner wunderschönen jungen Frau, die er sehr liebte. Jeden Tag arbeitete er hart, um sein Vermögen stetig zu vergrößern und zu erhalten. Hierbei setzte er vor allem auf schlechte Bezahlung von Angestellten und den Einkauf von Waren zu Spottpreisen. Für die Armen hatte er nur ein verächtliches Lächeln übrig. Er glaubte, dass

jeder Mensch seines eigenen Glückes Schmied ist und sich Reichtum selbst erarbeiten könne. Alle, die dies nicht schafften, waren in seinen Augen Versager und Taugenichtse. Auch diejenigen, die sich für die Bedürftigen einsetzten, waren in seinen Augen naiv, da sie ihre Zeit lieber in produktivere Vorhaben stecken sollten als sich für andere zu engagieren. Humanität und Mitmenschlichkeit hielt er für Geschwätz der Pfaffen, damit diese sich mit seinem Geld die Taschen füllen konnten, um angeblich die Armen damit zu versorgen. Für den Kaufmann stellte Geld Macht dar und je mehr Geld man hatte, desto mehr Macht hatte er in dieser Welt.

Seine junge Frau hingegen war ganz anders als der reiche Kaufmann. Gerne hätte sie von dem Reichtum ihres Mannes etwas an die Armen und Bedürftigen abgegeben, da sie aus eigener Erfahrung wusste, dass finanzieller Reichtum nicht nur mit Können, sondern auch viel mit Glück zu tun hatte. Sie ermahnte ihren Mann daher immer wieder dankbar für das zu sein, was er habe und das finanzieller Reichtum nicht alles im Leben sei. Der reiche Kaufmann wollte davon jedoch nichts hören. Für ihn konnte man mit Geld alles erreichen, was man wollte. Somit verbot er seiner Frau etwas von seinem Geld an wohltätige Zwecke zu geben, was er streng kontrollierte. Schließlich kannte er das gute Herz seiner Frau.

Nun war es so, dass in den 1920er Jahren der Autoverkehr in den Rheinorten zwischen Neuwied und Bonn immer weiter zunahm. Zu diesem Zeitpunkt gab es noch keine

Umgehungsstraße und die schwer lenkbaren, aber dennoch schnellen Fahrzeuge ratterten durch die historischen Orts- und Stadtkerne. Auch auf der Frankfurter Straße, die den Bahnhof Unkel mit dem Stadtkern verband, rasten in schnellem Tempo Autos und Kleinlastwagen. Deswegen hatten sich schon schwere Unfälle in Unkel und anderen Rheinorten ereignet, welche zu schweren Verletzungen oder gar Todesfällen geführt hatten. Als die junge Frau des Kaufmanns erzählte, dass eine Fahrradfahrerin von einem Lastwagen erfasst und an einer Hauswand zerdrückt worden war, zuckte ihr Mann nur mit den Schultern und sagte, dass die Fahrradfahrerin selber Schuld an ihrem Unglück sei - sie hätte ja nicht auf dieser Straße fahren brauchen. Entsetzt von der Unmenschlichkeit ihres Mannes entschied sich die junge Frau zu einem Spaziergang an der frischen Luft. Sie trat aus der Villa an der Frankfurter Straße und ging langsam und nachdenklich auf dem Kopfsteinpflaster der Straße in Richtung des Rheins. Sie war so mit sich beschäftigt, dass sie nicht merkte, dass ihr ein Lastkraftwagen entgegenkam. Der Fahrer des Wagens, der viel zu schnell unterwegs war, sah sie zu spät und versuchte noch verzweifelt zu bremsen. Beinahe ungebremst fuhr er die junge Frau des Kaufmanns um. Ein heller Schrei hallte durch die Frankfurter Straße. Schlimmes ahnend rannte der Kaufmann aus seiner Villa und sah in einiger Entfernung seine junge Frau am Boden liegend. So schnell er konnte eilte er zu ihr und beugte sich über sie. Regungslos lag sie mit ihrer schweren

Kopfverletzung in seinen Armen. Zitternd und außer sich vor Trauer brüllte der reiche Kaufmann den unter Schock stehenden Fahrer an, den Sanitätsdienst oder einen Arzt zu holen. Der Fahrer wusste um das Christinenstift als örtliches Krankenhaus und alarmierte den Sanitätsdienst, der die verunfallte Frau ins Krankenhaus brachte, wo sie medizinisch versorgt wurde. Doch die junge Frau kam nicht zu Bewusstsein. Der Kaufmann hatte den Ärzten versichert, sämtliche Kosten zur Genesung seiner Frau zu übernehmen und mitgeteilt, dass er die beste Versorgung wünschte, die es im Krankenhaus gab. Doch all sein Geld brachte ihm nichts. Nach einiger Zeit kam der Arzt zu ihm und meinte, dass er nichts mehr für seine Frau tun könne, da die Verletzung am Kopf schwer sei und seine Frau immer noch nicht bei Bewusstsein wäre. Niemand könne sagen, ob sie noch einmal aufwachen würde. Geschockt von dieser Diagnose versuchte der reiche Kaufmann abermals den Arzt zu überzeugen, dass es doch sicherlich noch andere Möglichkeiten gäbe seiner Frau zu helfen, koste es was es wolle. Doch der Arzt schüttelte nur den Kopf und sagte, dass kein Geld der Welt an dieser Situation etwas ändern könnte. Das erste Mal in seinem Leben erkennend, dass sein vieles Geld nichts ausrichten konnte, verließ der reiche Kaufmann das Krankenhaus. Erst jetzt bemerkte er, wie lieb er seine Frau hatte und das kein Geld der Welt sie ersetzen könnte. Aufgewühlt suchte er die Unkeler Pfarrkirche auf und betete in seiner Verzweiflung zu Gott, was er in seinem Leben noch nie getan hatte. Er sah ein, dass sein Geiz und das Streben nach Macht und Geld nicht der Reichtum des Lebens seien, sondern die Beziehung zu einem geliebten Menschen und die Gesundheit. Denn diese Dinge sind mit keinem Geld der Welt zu erwerben. Seine eigenen Fehler erkennend, verbrachte er mehrere Tage in der Kirche, bis eine Krankenschwester des Christinenstiftes ihn in der Kirche aufsuchte. Sie erzählte, dass seine Frau wieder zu Bewusstsein gekommen sei und nach ihm verlange. Da sprang der reiche Kaufmann von seinem Platz auf und eilte mit der Schwester zusammen an das Krankenbett seiner Frau. Überglücklich, dass sie bei Bewusstsein war, umarmte er sie und versprach ihr in Zukunft nie wieder so unmenschlich über Andere zu urteilen. Auch wolle er einen Teil seines Reichtums nun an mildtätige Zwecke geben, um Menschen zu helfen, die nicht so viel Glück gehabt haben wie er. Erfreut von dem Sinneswandel ihres Mannes durchströmte die junge Frau eine heilende Kraft. Ihre Kopfwunde verheilte und nach einigen Wochen konnte sie zu ihrem Mann nach Hause zurückkehren. Seitdem waren der reiche Kaufmann und seine Frau für großzügige Spenden bekannt und bis zu seinem Tod vergaß der Kaufmann nicht, dass nicht alles im Leben mit Geld zu kaufen ist.

Die Freundschaft von Ali und Willi

Es geschah in den 1960er Jahren als viele ausländische Männer aus Italien und der Türkei nach Deutschland kamen, um hier für geringen Lohn einer Arbeit nachzugehen. Der Grund hierfür lag in den fehlenden Arbeitskräften (vornehmlich Männern), die im 2. Weltkrieg entweder gefallen waren oder erst später aus russischer Kriegsgefangenschaft kommen sollten. Gerade türkische Arbeiter zog es über das deutsch-türkische Anwerbeabkommen nach Deutschland. Hier besetzten die türkischen Arbeiter meist die Jobs, die keiner machen wollte, weil sie schmutzig und schlecht bezahlt waren. Die türkischen Gastarbeiter verdienten hier jedoch mehr als in ihrem Heimatland und sendeten das hart verdiente Geld zu ihren Familien nach Hause. Sie wollten vom deutschen Wirtschaftswunder ein Stück abbekommen und bescheidenen Wohlstand in die Familie bringen, die in der fernen Heimat geblieben war. Gastarbeiter sowie die Deutschen gingen davon aus, dass diese Verbindung nur einige Jahre so vonstattengehen würde, bevor die Gastarbeiter wieder in ihre Heimatländer verschwinden würden. Nach dieser Einstellung wurden viele Gastarbeiter auch von den Deutschen behandelt. Kaum jemand hatte somit ein Interesse sich über gemeinsame Werte zu unterhalten. Auch machten sich die Deutschen kaum Gedanken darüber, welchen Reichtum und welche Statussymbole sie den meist armen Gastarbeitern zur Schau stellten. Warum hätten sich die Deutschen auch darüber Gedanken machen sollen, wenn sie doch in der Wirtschaftswunderzeit all die Gräueltaten und die Not aus dem 2. Weltkrieg vergessen wollten? Trotz dieser Einstellung kam es dazu, dass türkische Gastarbeiter sich dazu entschieden, ihre Familie nach Deutschland nachzuholen. Sie glaubten, sich in dieser Zeit des Wachstums und des aufkeimenden Wohlstandes eine bessere Zukunft für sich und für die eigenen Kinder aufbauen zu können. So kam es, dass bald türkische Kinder in die Schulen kamen und dort Deutsch lernen mussten. Die deutsche Gesellschaft, die darauf nicht vorbereitet war, musste auf einmal Lösungen finden, die bis heute Auswirkungen auf das gesellschaftliche Zusammenleben haben. Ein Beispiel soll hier eine Geschichte von einem türkischstämmigen Jungen namens Ali und einem in Deutschland geborenen Schuljungen Willi bieten. Beide lebten in den 1960er Jahren in dem Weinstädtchen Unkel. Ali und Willi gingen gemeinsam in die örtliche Volksschule. Alis Eltern waren eine türkische Gastarbeiterfamilie. Willis Vater war ein selbstständiger Handwerker. Als sich Willi und Ali das erste Mal in der Schule begegneten, war dies ein sonderbares Gefühl. Willi war zu diesem Zeitpunkt in der 2. Klasse und Ali wurde vom Direktor der Schule hereingeführt und als neuer Mitschüler vorgestellt. Er würde zwar noch kein Deutsch sprechen, aber dies würde er schon lernen. Danach wies er Ali an, sich an einen freien Platz zu setzen und übergab der Lehrerin wieder das Kommando. Ali setzte sich auf den einzigen neben Platz neben Willi. Mit großen Kulleraugen und seiner schüchternen Haltung wirkte Ali etwas verängstigt. Willi, der ein gutes Herz hatte, lächelte ihm zu, doch Ali schaute verlegen zu Boden. Der Unterrichtstag begann und er verstand nichts von dem, was die Lehrerin sagte. In

Mathematik aber konnte er schriftlich Aufgaben gut lösen, diese jedoch mündlich nicht vortragen. Willi bemerkte dies und war begeistert, wie schnell Ali rechnen konnte. Als die Pause kam, ging Ali allein auf den Pausenhof. Aufmerksam beobachtete er die anderen Kinder auf dem Schulhof. Willi spielte mit seinen Klassenkameraden Fangen. Als er bemerkte, dass Ali allein an der Gebäudemauer stand, sprach er ihn an, ob er mitspielen wolle. Doch Ali verstand nicht, was Willi von ihm wollte. Mit Händen und Füßen versuchte Willi es ihm zu erklären, doch Ali verstand es nicht. Ungeduldig drängelten die anderen Kinder Willi zum Weiterspielen. Ihnen war das Wohlbefinden Alis egal. Doch Willi gab nicht auf, klatschte Ali ab und lief davon. Ali verstand nun, was Willi von ihm wollte, lief Willi hinterher und versuchte ihn zu fangen. Das Spiel machte so viel Spaß, dass er seine fehlenden Deutschkenntnisse zum ersten Mal vergaß und mit den anderen Kindern lachte. Zurück in der Klasse versuchte Ali sein Bestes, um zu verstehen, was die Klassenlehrerin wollte. Willi half ihm dabei so gut es ging. Mit der Zeit lernte Ali immer mehr Worte, sodass er zuerst in Brocken und dann in kleineren Sätzen redete. Willi war von seinem Lernfortschritt begeistert, wohingegen die anderen Kinder Alis Anwesenheit als hinderlich beim Lernen und beim Spielen empfanden.

Dies spornte Ali jedoch nur noch mehr an besser Deutsch zu sprechen und er lernte die Sprache so gut, dass er sich nach wenigen Jahren besser ausdrücken konnte als seine

Mitschüler und leistungsmäßig zu den besten der Klasse gehörte. Willi, der mittlerweile Alis einziger Freund war, störte das nicht. Doch er wusste von den anderen Kindern, dass diese neidisch auf Alis Fortschritte waren und ihn deshalb als den „Ausländer" bezeichneten, der in Deutschland nichts zu suchen hätten. Zudem hatten die anderen Kindern (und vor allem deren Eltern) Angst vor den Werten und Sitten von Alis Familie. Seine Eltern waren gläubige Muslime, tranken keinen Alkohol und aßen kein Schweinefleisch. Das tägliche Gebet störte manchen Anwohner und durch das Unverständnis für diese Rituale wuchs die Angst und die Ablehnung bei den Unkelern.

Ali spürte diese Ablehnung und er versuchte sich so perfekt an die deutschen Sitten und Gebräuche anzupassen, wie es nur ging. Für manchen Unkeler Bürger galt er als ein Musterbeispiel für eine geglückte Integration. Engeren Kontakt wollte dennoch keiner mit seiner Familie haben außer Willi und deren Familie. Mit der Zeit zogen jedoch immer mehr türkischstämmige Gastarbeiter nach Unkel. In der Schule fanden sich somit immer mehr türkischstämmige Kinder ein und Ali half ihnen sich zu verständigen und Deutsch zu lernen. Gleichzeitig fand er und auch seine Familie dort neue Freunde, da die Familien und die Kinder das gleiche Schicksal teilten. Durch das Anwachsen der türkischstämmigen Menschen in Unkel wuchs aber auch das Misstrauen gegen diese Menschen weiter. Alles, was sie verkörperten, war den Menschen in Unkel fremd.

Eines Tages kam es dazu, dass Ali ein Auge auf ein junges Mädchen aus der Nachbarschaft geworfen hatte. Er hatte das Gefühl, dass das blonde Mädchen auch ein Interesse an ihm hatte, sodass er das Mädchen bei einer günstigen Gelegenheit ansprach. Leicht verlegen kamen die Beiden in ein nettes Gespräch, dessen Ende eine romantische Verabredung am Rheinufer sein sollte. Doch als der Vater des Mädchens davon etwas mitbekam, tobte dieser nur, verbot der Tochter die Verabredung und ging wutentbrannt zu Alis Vater, um ihm entgegenzuschleudern, dass sein Sohn seine Tochter nie wieder belästigen solle. Mit Ausländern wolle er nichts zu tun haben. Alis Vater, der zu diesem Zeitpunkt bereits viele Jahre in Deutschland gelebt hatte, und zusammen mit seiner Familie die deutsche Staatsbürgerschaft angenommen hatte, fühlte sich von der Aussage schwer getroffen. Seinen Sohn Ali schmerzte es sehr, seinen Vater so betroffen zu sehen und er war tief verletzt, weil er sein ganzes Wesen so ausgerichtet hatte, wie die Deutschen es immer von ihm erwartet hatten. Dennoch war er für sie nur ein Mensch zweiter Klasse. Ali erzählte seinem Freund Willi von diesem Ereignis und seinen Gefühlen. Der versuchte seinen Freund zu beschwichtigen, doch das Herz von Ali war so getroffen, dass er die Worte seines Freundes nicht richtig verstand und er den Eindruck hatte, dass Willi die Einstellung hatte, dass er sich wegen dem Vorfall nicht so anstellen solle. Somit suchte Ali Trost in den Armen seiner türkischstämmigen Freunde, die nun ebenfalls von

Ablehnungen durch Deutsche erzählten. Ali wetterte nun häufiger gegen die Kleinkariertheit der Deutschen, die die Gastarbeiter nur als Arbeitskräfte jedoch nicht als ebenbürtige Menschen ansähen. Willi bemerkte mit Besorgnis diesen Sinneswandel bei seinem Freund Ali und er wusste, dass er etwas tun musste. Er erzählte seinem Vater von der Situation. Auch er hatte anfangs Bedenken gegen die türkischen Gastarbeiter gehabt. Doch durch die Freundschaft seines Sohnes Willi mit Ali hatte er die Kultur und die Werte der Gastfamilien kennen gelernt und die Scheu vor dem Anderssein verloren. Nachdem sein Sohn ihm nun erzählte, was Ali und seinem Vater passiert war, fasste er zusammen mit seinem Sohn den Entschluss, für die einstigen Gastfamilien Partei zu ergreifen und deren Rituale und Ansichten verständlich zu machen. Da Willis Vater bei den Menschen in Unkel angesehen war, vertrat er offen die Meinung in der Kneipe und bei seinen Auftraggebern, dass alle Menschen, egal, wo sie herkommen, das Recht haben hier nach ihrer Art und Weise zu leben. Auch sein Sohn stellte sich offen auf die Seite der ehemaligen Gastarbeiterfamilien und erzählte von dem Vorfall von Ali. Jeden, der ihnen ablehnend widersprach, fragten sie, wie oft sie denn schon eine Zuwandererfamilie zu sich nach Hause eingeladen hätte. Meist schwiegen die Menschen dann, weil sie mit keinem Zugewanderten mehr als ein paar Worte gesprochen hatten. Somit wandelte sich langsam die Stimmung in Unkel und die Menschen gingen offener auf die einstigen Gastarbeiter zu. Ali und seine Familie nahmen diese Entwicklung sehr positiv auf. Selbst das Mädchen, mit welchem er sich verabredet hatte, ging mit ihm gegen den Willen ihres Vaters aus. Der Vater sagte jedoch nichts mehr dazu, da er Angst hatte sich bei den Unkelern unbeliebt zu machen.

Nur Alis Freunde aus den anderen türkischstämmigen Familien trauten diesem Wandel nicht. Ihre vorangegangenen Erfahrungen und auch die Unwissenheit bezüglich der Deutschen prägten immer noch ihre Handlungsweise. Sie blieben lieber unter sich anstatt sich mit den Unkelern zusammenzusetzen. Hinzu kam die Stimmung der 1960er Jahre, die die nationalsozialistischen Verbrechen aufdeckten und die Ausländerfeindlichkeit der Deutschen vor rund 20 Jahren beleuchteten. Die nun veröffentlichten Berichte von Repressalien gegen Ausländer und Minderheiten im Dritten Reich, deckten sich vermeintlich auch mit den Erfahrungen der einstigen Gastarbeiter in Unkel, sodass sie bei der kleinsten Streitigkeit in der Schule oder im öffentlichen Leben behaupteten, dass die Deutschen immer noch alle verbrecherische Nazis seien. Zudem werde die Kultur ihres Heimatlandes abgelehnt und die Unkeler seien intolerant. Diese Aussagen passten gar nicht zu dem, was Willi und sein Vater über die einstigen Gastfamilien erzählt hatten. Die Angst ging bei den Unkelern nun um, dass die Werte und Errungenschaften ihrer Vorfahren undifferenziert von den Zugewanderten verurteilt und abgelehnt werden. Selbst der Vater von

Willi konnte hier seinen Einfluss nicht mehr geltend machen und es etablierte sich die Meinung bei den Unkelern, dass sich die Zugewanderten schlichtweg anzupassen hätten oder verschwinden sollten. Bei den einstigen Gastarbeiterfamilien etablierte sich die Meinung, dass alle Unkeler ausländerfeindlich seien. Zwei parallele Gedankenwelten entstanden mitten in Unkel. Dennoch blieben Ali und Willi gute Freunde. Auch das Mädchen aus Alis Nachbarschaft hielt weiter zu Ali und bekannte sich offen zu ihm, was ihr viel negatives Gerede einbrachte.

Eines Abends gingen Willi, Ali und seine Freundin durch die Unkeler Innenstadt. Sie waren auf dem Weg nach Hause, als eine Gruppe junger Männer aus einer Kneipe kam. Sie waren angetrunken und begannen Ali anzupöbeln, dass er als Ausländer nicht das Recht habe eine deutschstämmige Freundin zu haben. Von dieser Aussage unbeeindruckt, wollten die Drei weitergehen, doch die Gruppe junger Männer hielt sie auf. Sie provozierten Ali immer weiter und sagten, dass sie die ausländischen Gastfamilien aus Unkel vertreiben würden. Sie hätten hier nichts zu suchen. Willi begann nun sich einzumischen und sagte, dass sie Ali in Ruhe lassen sollten. Unbeeindruckt davon schlug einer der Männer Willi in den Bauch. Doch dieser steckte den kräftigen Schlag ein. Ali rief um Hilfe. Rings um gingen die Lichter an und Menschen schauten aus ihren Fenstern heraus. Einige Männer nahmen ihren Mut zusammen und traten auf die Straße heraus. Eine Stimme rief, dass man die

Polizei gegen diese Schläger rufen solle. Als die Gruppe von jungen Männern dies hörte, bekamen diese es mit der Angst zu tun und traten die Flucht an. Willi lag blutend am Boden. Ali beugte sich zu ihm hinunter. Eine Menschentraube bildete sich um ihn. Nun kamen auch ein paar türkischstämmige Freunde von Ali angelaufen. Von der Situation nichts wissend, hatten sie nur von Weitem mitbekommen, dass Ali von Deutschen angegriffen werde. In ihrer Ansicht, dass alle Deutschen ausländerfeindlich und Nazis seien, wollten sie die Menschenmenge um Ali stürmen. Doch dieser hielt sie mit erhobenen Händen auf. Er erklärte ihnen, dass Willi sich schützend vor ihn gestellt habe und niemand dieser Menschen ihm etwas Böses getan habe. Im Gegenteil, sie hätten Willi und ihm geholfen. Somit brachten sie Willi erst einmal ins Krankenhaus, wo dieser schnell wieder gesund wurde. Willis Verhalten und auch das der anderen Bürger machte bei den Zugewanderten einen so großen Eindruck, dass diese ihre Abneigung vor den Deutschen verloren. Einig darüber, dass diese Attacke auf Willi und Ali inakzeptabel gewesen sei, redeten die Menschen miteinander und man lernte die Werte und Überzeugungen schätzen, die letztlich zu einer neuen Unkeler Gesellschaft führten, die keinen Platz für Fremdenfeindlichkeit hat.

Die Erbschuld

Es waren die Jahre nach der Jahrtausendwende des 21. Jahrhunderts, da wurde ein Junge namens Felix in der

Bundesrepublik Deutschland in dem kleinen Ort Rheinbreitbach geboren. Er hatte zwei junge Eltern, die sich liebevoll um ihn kümmerten. Sie lasen ihm Geschichten vor, erzogen ihn nach den ethischen Grundprinzipien des menschlich-christlichen Miteinanders und förderten seine Neugierde. Seine Fähigkeiten und sein Selbstbewusstsein wuchsen mit jedem Tag. Als Felix in die Kindertagesstätte kam, machte er den dortigen Erziehern, den anderen Kindern und sich selbst viel Freude. Er war ein geselliger, freundlicher und hilfsbereiter Junge. Woher ein Mensch kam, welche Hautfarbe er hatte, wie er aussah oder was andere dachten, war ihm egal. Er nahm die Kinder und die anderen Menschen so an, wie sie waren und er wurde so angenommen, wie er war. Wenn Streitigkeiten zwischen den Kindern entbrannten oder Felix selbst in einen Streit verwickelt wurde, schlichtete er den Streit konstruktiv und wirkte ausgleichend. Dies hatte er von seinen Eltern gelernt, die ihm die christlichen Werte der Nächstenliebe vermittelt hatten. Nach einigen Jahren war es soweit, dass Felix in die Grundschule ging, worauf er sich besonders freute. In der Kindertagesstätte hatte er bereits ein wenig Lesen und Schreiben gelernt und brannte darauf endlich richtig Lesen, Schreiben und Rechnen zu lernen. In der Grundschule lernte er viele andere Kinder kennen. Darunter Greta und Ümit, die seine besten Freunde werden sollten. Gretas Eltern waren in der ehemaligen DDR groß geworden und überzeugte Atheisten. Ümits Familie kam ursprünglich aus der Türkei, lebte jedoch schon in der 3. Generation in Deutschland. Sie waren überzeugte Muslime.

Obwohl die familiäre Herkunft aller Kinder sehr unterschiedlich war, störte dies die drei Kinder in keiner Weise. Sie lernten zusammen Lesen, Schreiben und Rechnen und hatten viel Spaß beim gemeinsamen Spielen auf dem Schulhof. Streitigkeiten lösten sie gemeinsam, indem jeder sagte, was er möchte und ein Kompromiss gefunden wurde, mit dem jeder zufrieden sein konnte.

Die Jahre der Grundschulzeit vergingen schnell und die Kinder mussten sich nach vier Jahren entscheiden, auf welche weiterführende Schule sie gehen wollten. Felix war ein guter Schüler und für ihn war klar, dass er auf ein Gymnasium gehen wollte. Ümits und Gretas Stärken lagen hingegen in praktischen Dingen, sodass sie sich entschieden auf eine Realschule zu gehen. Die beiden hatten Glück und kamen in dieselbe Klasse. Felix hingegen musste allein aufs Gymnasium gehen. Dort fand er zwar schnell neue Freunde, vermisste jedoch seine beiden Grundschulkameraden Greta und Ümit. Aus diesem Grund trafen sich die drei weiterhin regelmäßig nachmittags um sich auszutauschen.

Entgegen aller Erwartungen hielt die Freundschaft an und vertiefte sich in der Jugendzeit sogar noch.

Auf dem Gymnasium und der Realschule plus kamen mit der Zeit auch neue Fächer hinzu. Sozialkunde und Geschichte gehörten ebenfalls mit dazu und besonders

Felix interessierte sich für vergangene Kulturen und Ereignisse. Aus diesem Grund fragte er immer wieder seine Eltern aus, welche Berufe seine Vorfahren früher gehabt hätten und wer sie gewesen seien. Seine beiden Eltern erzählten dann immer, dass sie darüber nichts wüssten und besonders sein Vater schien nicht darüber reden zu wollen.

Als Felix, Greta und Ümit in der 9. Klasse waren, beschäftigten sie sich in der Schule fast zeitgleich mit dem Nationalsozialismus in Deutschland. Sie erfuhren, welche grausamen Ideen und Ideologien die Menschen in der NS Zeit vertreten hatten und welche Gräueltaten sie Minderheiten und religiösen Volksgruppen wie den Juden angetan hatten. Da Felix ein empathischer und einfühlsamer Mensch war, traf ihn der Holocaust, in welchem Menschen fabrikmäßig zu Millionen umgebracht worden waren, besonders. Auch der 2. Weltkrieg, in dem von deutschen Soldaten in Russland und anderen Ländern furchtbare Verbrechen verübt worden waren, erschütterten sein humanistisch-christliches Weltbild. Er schämte sich in Deutschland geboren worden zu sein, diese Sprache zu sprechen und diese Kultur zu leben. Gleichzeitig fragte er sich aber auch, was Ümit und Greta zu dem Thema sagen würden. Ümit ging seines Erachtens am leichtesten damit um. Er hatte die Meinung, dass er als Nachfahre einer türkischen Familie nichts mit dem Nationalsozialismus zu tun habe. Es seien nicht seine Vorfahren gewesen, die diese

Verbrechen begangen haben. Er würde jetzt nur seinen Onkel besser verstehen, der ihm immer geraten hätte, wenn ein Deutscher ihn blöd anmachen würde, solle er direkt sagen, dass er ausländerfeindlich oder ein Nazi wäre. Bei dem Argument würden die Deutschen wegen ihrer Vergangenheit immer direkt zusammenzucken und kleine Brötchen backen. Im Ernstfall zieht das Argument vor Gericht ebenfalls.

Überraschenderweise hatte Greta hierzu hingegen eine andere Ansicht. Bezugnehmend auf Ümits Ausführungen sah sie ihre Eltern bestätigt, die beide sagten, dass die Ausländer und Migranten sich mittlerweile in Deutschland alles herausnehmen würden. Sie seien kriminell, würden sich nicht integrieren und bekämen keine Grenzen gesetzt. Gerade der Islam sei eine Bedrohung für Deutschland, da er das europäische Abendland auslöschen möchte und radikal wäre. Ganz falsch hätten die Nazis mit gewissen Ansichten bezüglich der Ausländer ja doch nicht gelegen. Wer dies heutzutage sagen würde, bekäme einen Maulkorb und würde als Nazi beschimpft. Die Deutschen müssten endlich wieder erwachen und ihre deutsche Kultur wieder mit Stolz leben und vertreten. Schließlich sei der Nationalsozialismus schon lange vorbei und man sollte irgendwann einmal einen Punkt setzen.

Als Felix dies von Greta und Ümit gehört hatte, war er noch verwirrter als vorher. Besonders Gretas Ansicht erschreckte ihn sehr, da manche Äußerung ihn an das erinnerte, was er gerade über den Nationalsozialismus gehört hatte und ihn so beschämte. Gleichzeitig fand er die Taktik von Ümits Onkel nicht richtig, gerade die Schuld der Deutschen für eigene Zwecke auszunutzen.

Emotional aufgewühlt begann Felix nachzudenken. In seiner Umwelt und in den Medien nahm er nun immer wieder die beiden Weltsichten seiner Freunde wahr. Auf der einen Seite beschworen Politiker im öffentlichen Raum immer wieder die unauslöschliche Erbschuld Deutschlands, die nicht zu tilgen ist und alle zukünftigen Generationen belasten werde. Hieraus resultierend dürfe kein Deutscher mehr nationale Gefühle entwickeln, die unter anderem zur Katastrophe des Holocaust geführt hatten. Ein klares Bekenntnis von Schuld und Scham, die die eigene Handlungsfähigkeit auf diese Meinung einschränkt.

Auf der anderen Seite formierte sich der Protest in Form von Demonstrationen, die gegen diese Erinnerungspolitik anging, vor der Überfremdung Deutschlands warnte und Horrorszenarien z.B. von einer islamischen Invasion zeichnete. Die Spitze dieses Eisbergs formierte sich dabei in einer politischen Partei, die sogar so weit ging, die NS-Zeit zu verharmlosen und offen mit Nationalismus und ethischer Ausgrenzung warb. War dies wirklich die richtige Lösung, um mit diesem schwierigen Erbe umzugehen?

Felix Eltern sahen mit Besorgnis, wie schwer diese Gedanken auf Felix lasteten. Sie selbst wussten, was in Felix vorging. Schließlich war es ein gesellschaftliches Problem, was nicht nur er, sondern sie selbst vor ihm gehabt hatten. Die Antwort darauf war immer gewesen, bloß nicht in irgendeiner Weise aufzufallen, die als nationalistisch oder ausländerfeindlich aufgefasst werden könnte, auch wenn dies vielleicht bedeutete, dass eigene Bedürfnisse und Ansichten zurückgestellt werden. Besonders Felix Vater dachte darüber nach und kam zu einem Entschluss, in der Hoffnung, dass er Felix helfen würde.

An einem Samstag ging er gemeinsam mit Felix in den Keller des Hauses. Während sie die Treppen heruntergingen, erklärte er ihm, dass Felix sicherlich Interesse daran hätte, was seine Vorfahren im Nationalsozialismus getan hätten. Erstaunt über die plötzliche Offenheit seines Vaters, der ansonsten zu den familiären Vorfahren geschwiegen hatte, stieg in Felix die Spannung, was sein Vater mit ihm im Keller wollte. Im Keller angekommen, kramte sein Vater aus einer alten Holzkiste eine Schachtel hervor, welche er Felix gab. Neugierig, aber auch angespannt vor dem, was er in seiner eigenen Familiengeschichte finden würde, öffnete er die Schachtel. Darin lagen einige Briefe, alte Zeitungsartikel und Fotos eines Offiziers. Gemeinsam mit seinem Vater begann Felix die Dokumente zu lesen und die Fotos zu betrachten. Felix Vater erklärte ihm, dass der

Offizier sein Urgroßvater sei. Er habe wie viele Deutsche im Zweiten Weltkrieg gekämpft und dort die Gräueltaten der Nationalsozialisten an der Bevölkerung im Osten miterlebt. Schon damals sah er, dass diese Taten auf ewig die deutsche Kultur und die Deutschen als Menschen für immer belasten würden. Seine Offizierslaufbahn hatte er als junger Soldat in den Streitkräften der Weimarer Republik begonnen. Er teilte die Werte von Gleichheit, Freiheit, Brüderlichkeit und Menschlichkeit. Diese Werte war er im Gegensatz zu vielen rechtsorientierten Kräften in der damaligen Reichswehr bereit mit seinem Leben zu verteidigen. Er glaubte an Deutschland und die Liebe zu seiner Heimat, in der jeder Mensch so leben dürfte, wie er es für richtig hielt.

Doch die meisten Menschen um ihn herum, sahen dies anders. Der Nationalismus des Kaiserreichs war zu stark in den Köpfen der damaligen Menschen verankert. Das Recht des Stärkeren sowie klare Vorgaben wie etwas zu sein hat, bestimmten die Gesellschaft. Individualität oder Andersartigkeit wurde nicht geduldet. Dies kam den Nationalsozialisten bei der Gründung des Dritten Reichs sehr entgegen. Dennoch blieb der Urgroßvater Soldat, weil er sein Land und die deutsche Kultur liebte. Als er jedoch als Offizier für die Nazis kämpfte, begann ein moralisches Dilemma für ihn. Wie konnten die Menschen und das Land, welches er liebte, so etwas Grauenhaftes und Unmenschliches tun. Aus derselben Liebe heraus, die ihn für sein Land angetrieben hatte Soldat zu bleiben, entschied er sich gegen den Nationalsozialismus zu kämpfen. Zusammen mit anderen Offizieren plante er ein Attentat auf Hitler. Der Kopf dieses Plans war Graf Schenk von Stauffenberg. Leider schlug dieser Plan fehl, sodass er als Landesverräter mit vielen anderen Widerstandskämpfern 1944 erschossen wurde. In unserer Familie wurde dieser Vorfall immer verschwiegen. Seine Familie und seine Kinder wurden gerade in der Nachkriegszeit für ihren Vater geächtet. Zudem war es der Familie unangenehm darüber zu reden, da Begrifflichkeiten wie Vaterlands- und Heimatliebe als rechtsorientiert galten. Somit blieb immer die Sorge trotz des humanistisch-christlichen Weltbildes als Nazis zu gelten.

Die Geschichte seines Urgroßvaters warf bei Felix nun vollkommen andere Gedanken in Bezug auf seine Schamgefühle auf. Er zog sich mit den Unterlagen seines Urgroßvaters in sein Zimmer zurück und las die Zeilen, die dieser an seine Urgroßmutter geschrieben hatte. Er berichtete von den Gräueltaten, die er an der Front erlebt hatte. Wie tausende Zivilisten von SS und Wehrmacht umgebracht und in Massengräbern verscharrt worden waren. Auch die inneren Konflikte beschrieb er dort. Felix' Urgroßvater machte sich Vorwürfe als Soldat der Weimarer Republik nichts gegen den aufstrebenden Nationalsozialismus getan zu haben. Doch der wichtigste Satz, der Felix in Erinnerung blieb war der, dass jeder

Mensch für sich verantwortlich und nur seinem eigenen Gewissen verantwortlich sei.

Felix erwachte erst spät am nächsten Morgen. Es war Wochenende und die Sonne schien durch das Fenster. Felix merkte, dass sich etwas in ihm verändert hatte. Dies wollte er unbedingt seinen beiden Freunden Greta und Ümit erzählen. Er erzählte seinen beiden Freunden, dass er durch die Geschichte seines Urgroßvaters einen anderen Zugang zur Erbschuld der Deutschen bekomme habe. Die heutigen Generationen trügen keine Schuld daran, was die Menschen im Nationalsozialismus getan haben. Vergessen oder einen Punkt unter diese Geschichte setzen sollte die heutige Generation jedoch nicht. Ganz im Gegenteil: Man sollte sich die Menschen zum Vorbild nehmen, die damals trotz widriger Umstände den Mut gefunden haben gegen diese Verbrechen vorzugehen und sich unter Einsatz ihres Lebens zu wehren. Deren Werte von Mitmenschlichkeit und Liebe zur Heimat sollten die Ideale sein, die die Menschen in einem demokratischen Deutschland vertreten und leben sollten. Heimat- oder Vaterlandsliebe darf dabei nicht von den Kräften missbraucht werden, die den Nationalismus wieder auferstehen lassen wollen und die Verbrechen des NS-Regimes verharmlosen. Heimatliebe muss in diesem Zusammenhang für die Verbindung zu demokratischen Werten stehen, wobei Heimat für eine pluralistische und vielfältige Gesellschaft steht, in der sich jeder einbringen und wohlfühlen kann. Dies bedeutet jedoch auch, dass die demokratischen Werte von Freiheit, Gleichheit und Brüderlichkeit gelebt und frühzeitig verteidigt werden müssen. Eine Gesellschaft über Generationen unter Sippenhaft zu stellen und immer wieder auf schwerwiegende Gräueltaten einer vorangegangenen Generation hinzuweisen und haftbar zu machen, ist genauso ungerecht, wie das Verhalten der Nachkriegsgesellschaft gegenüber den Familien der Widerstandskämpfern. Jeder hat, egal, wo er herkommt und wer er ist, die gleichen Rechte und auch die gleichen Pflichten in der deutschen Demokratie.

Umso bedauerlicher ist es, dass die Erben der Nationalsozialisten sowie rechtsorientierte Kräfte diese Werte für sich umdeuten und missbrauchen. Es ist bedauerlich, dass die Fahne der Bundesrepublik, das Symbol der deutschen demokratischen Grundwerte, auf den Protestdemos der Rechtsradikalen geschwenkt wird und dies von der bürgerlichen Mitte kommentarlos hingenommen wird. Die Liebe zur Demokratie und das dazugehörige Selbstbewusstsein darf nicht Schaden dadurch nehmen, dass sich jede Generation aufs Neue wegen der Gräueltaten des Nationalsozialismus selbst geißelt. Im Gegenteil: Es sollte ein Ansporn sein, ein Kämpfer für die Demokratie und die Menschlichkeit in unserer Gesellschaft zu sein, so wie wir drei es in den vergangenen Jahren von der Grundschule bis jetzt getan haben.

Nachdem Felix seine Ausführung beendet hatte, waren Greta und Ümit nachdenklich geworden. Beide konnten der Meinung von Felix nur zustimmen. Ümit sah ein, dass es nicht richtig war, dass sein Onkel immer wieder das „Nazi-Argument" gegenüber den Deutschstämmigen zu bedienen. Greta sah ebenfalls ein, dass die Ansichten ihrer Eltern nicht gänzlich richtig waren. Sie begaben sich auf den Kurs derjenigen, die das Zusammenleben aller Menschen in der deutschen Demokratie gefährdeten. Dem Zusammenleben, welches sie als Freunde in den letzten Jahren sehr genossen hatten und in welchem es keinen Unterschied zwischen „Deutschen" und „Migranten" gegeben hatte, sondern nur Menschen. Diese Werte der Menschlichkeit, so waren sich alle drei einig, gilt es in Zukunft zu verteidigen und zu Ehren der Opfer des Nationalismus selbstbewusst zu leben.